사랑도 보류가 되나요

마리옹 파욜
이세진 옮김

북스토리

I

아내를 처음 봤을 때
그 가느다란 허리가 인상적이었어요.
어떤 이들은 여자의 눈이나 다리나
가슴을 유심히 보는데요.
나는 여자의 허리를 보고
마음을 빼앗길 때가 많습니다.
아내의 몸은 포옹을 받기 위해
만들어진 것만 같아요.
복부 양옆으로 쏙 들어간 굴곡은 내 손길이
머물기에 안성맞춤이지요.
얘기는 그만두고 와서 춤이나 춰요.

내가 아내의 주위를 빙그르르 돌기
좋아하는 이유는 아마 그녀를 소유했다는
환상을 붙들고 싶어서겠지요.
내가 껴안을수록 허리가 잘록하니
더 들어가는 것 같아요.
이렇게 아름답게 굴곡진 몸매의 여자는
본 적이 없어요.
하지만 솔직히 나는 지나가는 여자들에게
자꾸 눈이 돌아갑니다.

어떤 사람들은 나보고 바람둥이라고 하겠지요. 그보다는 내가 여성의 아름다움에 민감한 거라고 해둡시다.
가끔 내 매력을 확인하는 것도 중요하잖아요.
하지만 분명히 알아두세요, 난 아내를 사랑합니다.

이따금 나는 당황해서
어쩔 줄 모르는 아가씨에게
도둑키스를 하는 상상을 합니다.
권태에 빠진 남자에게 내가
그 사람 아내를 즐겁게 하는
모습을 보여주는 상상도 하지요.
나는 그 여자들이 무엇을 추구하는지
알거든요. 여자들은 내 앞에
아름다움을 펼쳐 보이고
'뭔가 굉장한 걸 보여줘요'라고
말하는 듯한 눈을 합니다.

내가 다른 여자들에게
자꾸 눈을 돌리는 것도
어떤 면에서는 그 여자들 잘못입니다.
여자들은, 어떻게 하는 건지는 모르지만,
내 안에 잠든 바람둥이를
알아보고 깨우려고 합니다.

나는 불륜을 저지르지 않으려고 조심한다.
아내에게 상처를 주고 싶지 않다.
때로는 나에게 뭔가
문제가 있다는 생각이 든다.
제대로 돌봄을 받지 못했던
어린 시절의 고통이
원인일까. 이따금

어째서 나는 여자에게 환심을 사고
사랑받고 싶다는 욕구가 이리도 큰가?
나도 다른 사람들에게 끌리고 싶어서
끌리는 게 아니다. 어쩌면 아내와의
관계가 원만하고 이제 그녀를 속속들이
잘 알기 때문에 연애 초기의
그 기분을 다시금 느끼고
싶은지도
그 여자들을 보면서
단지 내 아내를 한 번 더
새로이 만나고 싶은
건지도 모른다.
그런 생각을 하고 보니
나는 아내의 성격, 표정, 미모를
부분적으로 훔쳐간 것처럼
퍽 닮은 데가 있는
여자들에게 특히
약한 것
같다.
거리에서, 카페에서,
절망적으로 내 아내의 분신을
찾아 헤맨다.
아내와 똑 닮은 여자,
그녀와 똑같지만 내가 아직
모르는 사람이기 때문에 앞으로 차차
알아갈 수 있는 사람을.

오늘 저녁은
외식할까?

당신은 보나 마나
생선은 안 먹겠지.
당신은
갈빗살 먹을 거지?
굽기는 레어,
맞지?

백포도주도
병으로 하나 부탁해요.
당신은 백포도주
머리 아프다고
싫어했잖아?
맞아, 하지만
평소와 다른 걸 주문해서
당신을 좀 놀래주고 싶었어.

심장이 어쩌다 길을 잃지는 않을까요?
우리 두 사람, 함정에 빠졌다는 기분을 느끼지 않고 살아갈 수 있을까요?

어떤 이들은 한계에 이르기 전에 뒤돌아서지요.
그이는 선을 붙들고 가장자리로 기어올라

문 사이에서 제자리를 찾아요.
반쯤은 매인 채, 반쯤은 자유롭게, 반쯤은 안에, 반쯤은 밖에.

심장이 어쩌다 길을 잃지는 않을까요?
우리 두 사람,
함정에 빠졌다는 기분을 느끼지 않고 살아갈 수 있을까요?
사랑의 외줄을 타는 민첩한 곡예사는
이쪽으로든, 저쪽으로든 떨어지지 않으려 해요.
영원히 사랑할 거라는 약속은 절대 하지 않죠.
그렇지만 떠나고 싶어하는 것도 아니에요.

심장이 어쩌다 길을 잃지는 않을까요?
우리 두 사람, 함정에 빠졌다는 기분을 느끼지 않고 살아갈 수 있을까요?

빨리 돌아가자, 금세 어두워져.

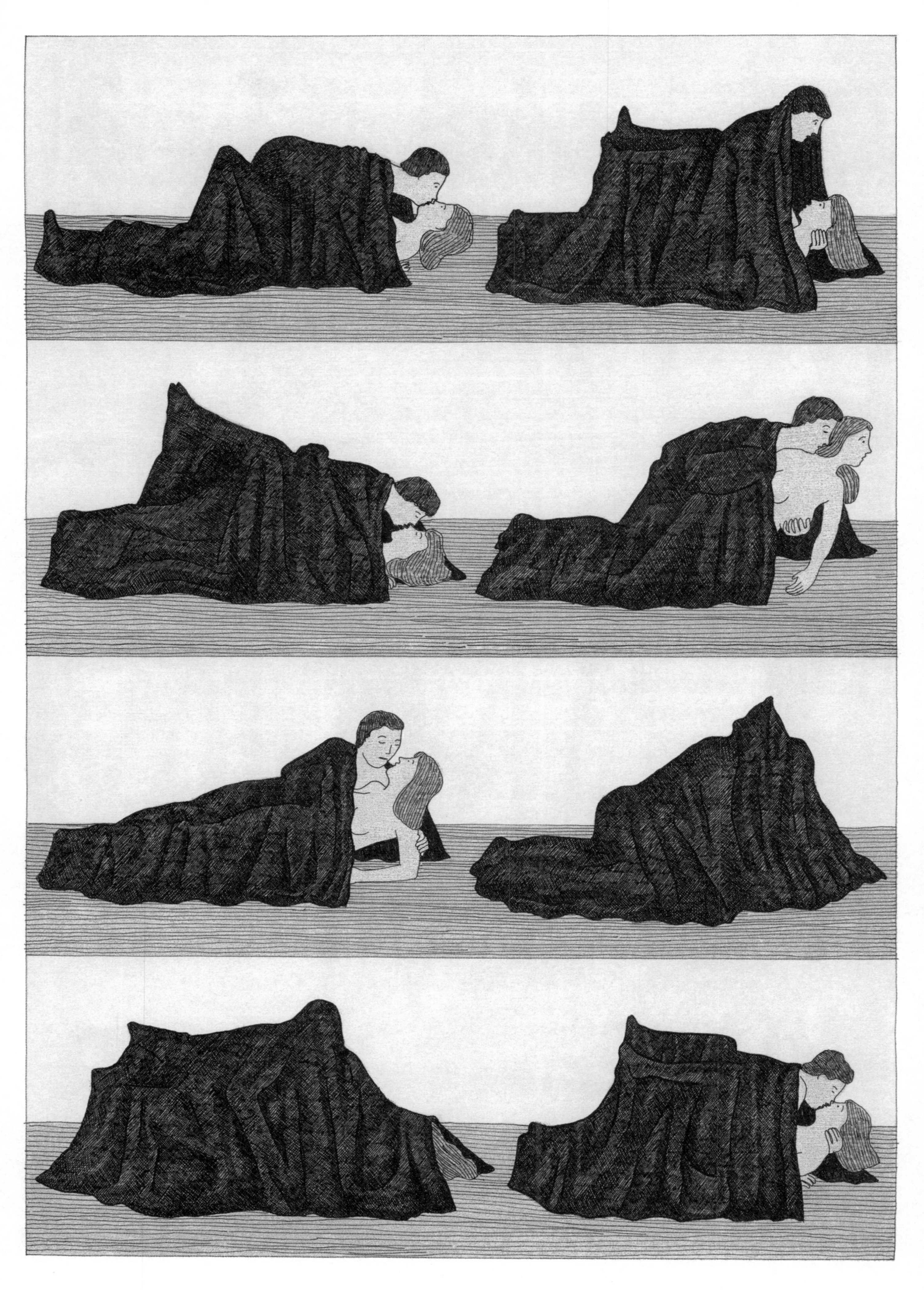

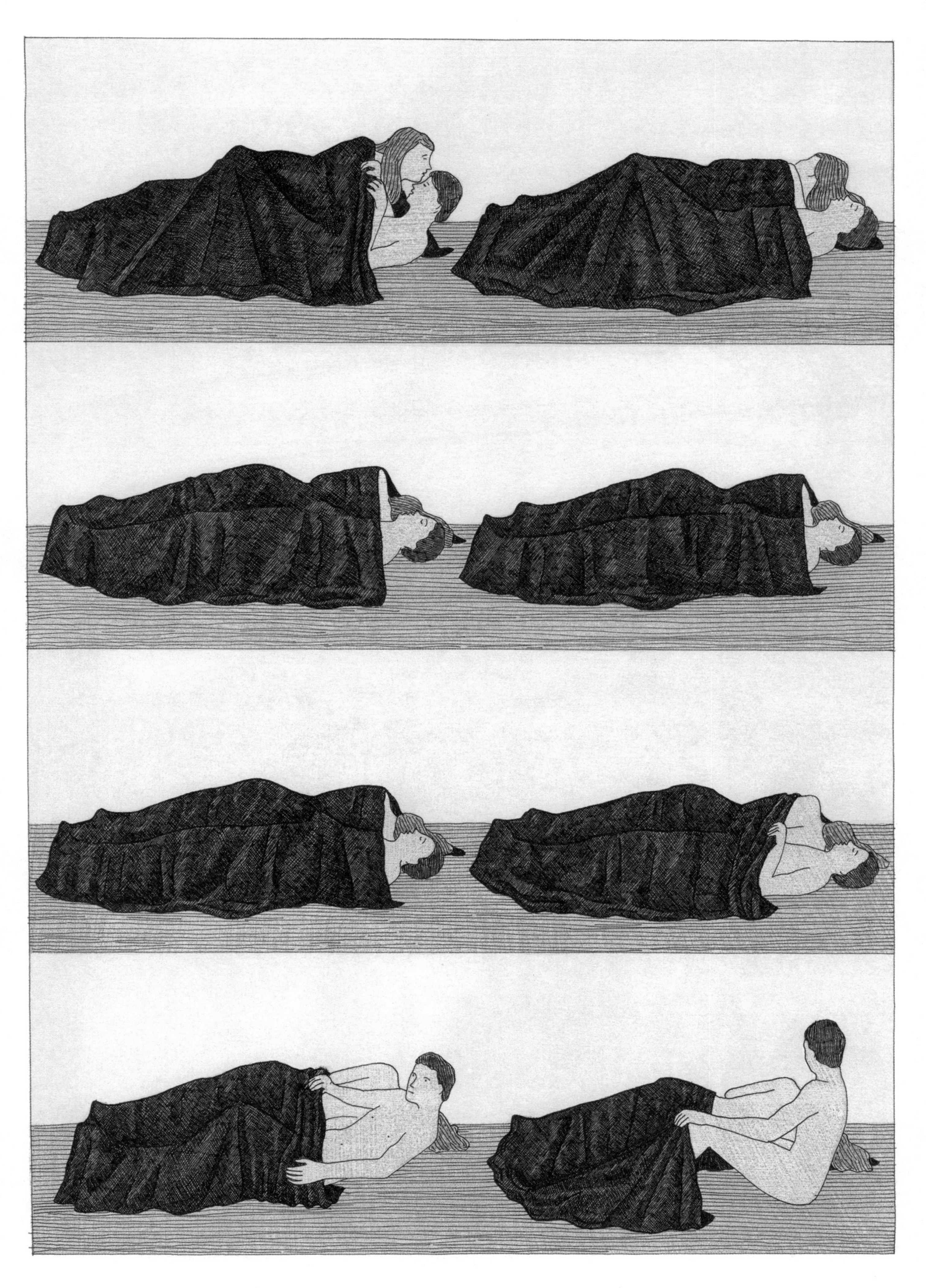

어느 날 아침, 아내는 늦게까지 일어나지 않았고
나는 문득 지루해졌습니다.
평화로이 잠자는 아내를 바라보면서 이런 생각이 떠올랐지요.
아내는 매일 밤 머리만 대면 잠드는 데다가
다음 날까지 누가 업어가도 모릅니다. 그녀는 아주 쉽게
몇 시간 동안 자기 삶을 완전히 놓아버리지요.
혹은, 완전한 휴식에 들어갔다가 아침에 깨어나면서
비로소 다시 살아난다고 할까요.
그래서 나는 여자들을 만나고 유혹하며
그녀들의 매력에 빠지기로 마음먹었습니다.
그러다 관계가 구체화되고 위험해질 것 같으면
그때 조용히 잠재우는 겁니다.

나는 늘 연애는 초기가 가장 아름다운 법이라고 생각했지요.
아내를 정말로 속이는 게 아니라 관계의 첫 순간에만 맛볼 수 있는 덧없는 기쁨을 스스로에게 허락하자는 겁니다.
내가 아내를 선택하지 않았다면 내 인생이 어떻게 됐을까 알아보는 실험을 하는 거죠.
이를테면, 이 여자가 나를 더 행복하게 해주었을지도?
이 여자는 나를 좀 더 좋아해주었을지도?

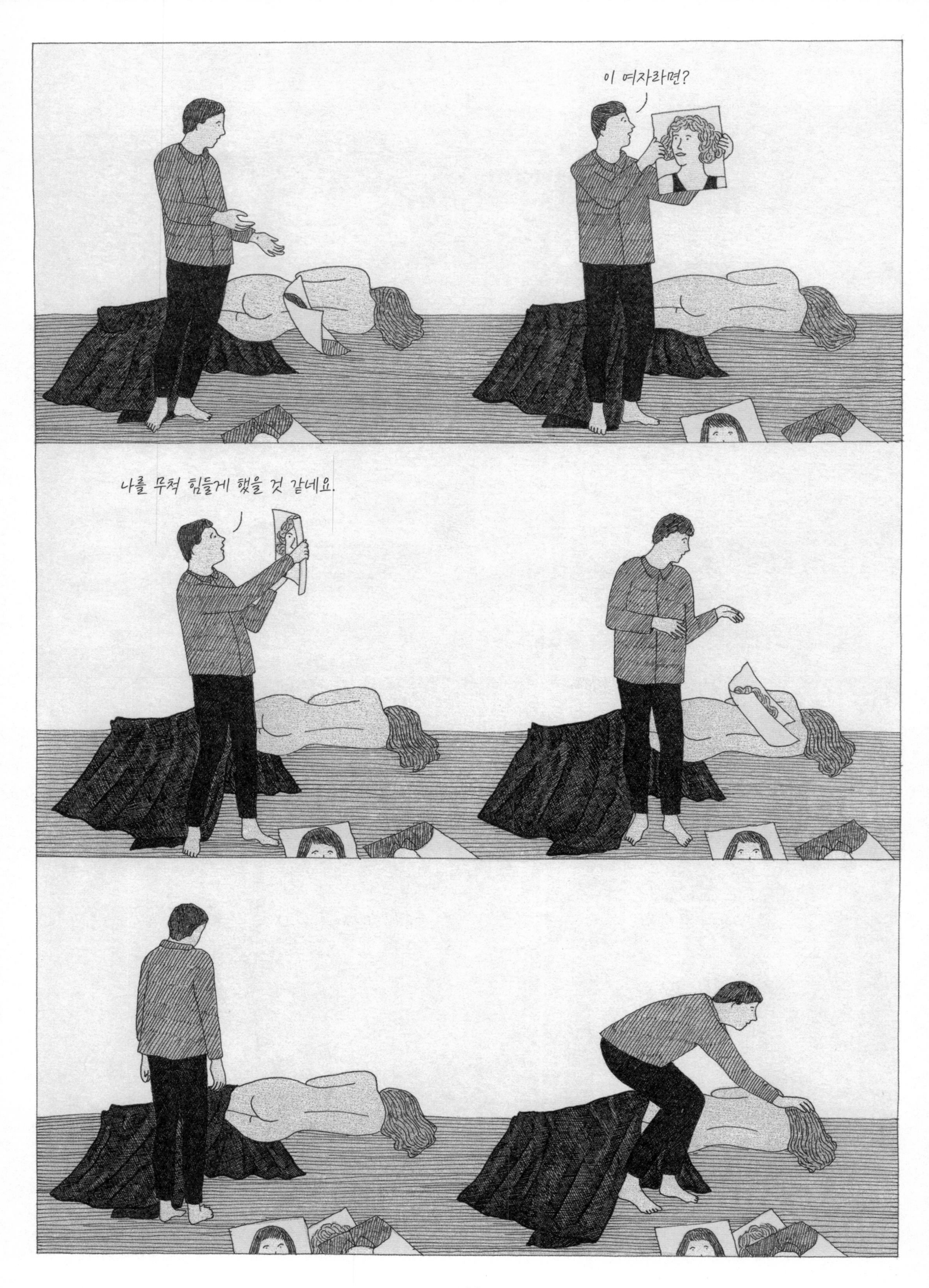
이 여자라면?
나를 무척 힘들게 했을 것 같네요.

아내는 매일 아침
전날 무슨 일이 있었냐는 듯이 돌아오니까
혹시나 언젠가 내 마음이 동하면 이 보류된 사랑들을
다시 해동시키는 것도 어렵지 않을 듯했습니다.
그 사랑들이 풍미를 다 잃기 전에 소생시킬 수도 있겠지요.

그때까지 그 사랑들을 집의 맨 끝 방에 모아놓고
어쩌다 한 번씩 들여다볼 수도 있겠지요.

II

기억을 떠올리면 달콤한 기분에 젖게 되지요!

굉장한 연애였죠!
그녀는 용암이 분출하듯 내 인생에
파고들었다고 할 수 있습니다.
나는 아무것도 요구하지 않았건만
기습적으로 한순간
그녀의 매력에 파묻혀버렸습니다.

바보짓하지 마요.
아직 시간이 있을 때 도망쳐요, 얼른 도망치라고요!
이 여자는 정말로 미친 짓을 저지를 수 있어요.
사내들의 심장을 뒤흔들고 정념에 불을 질러
그들을 죽을 지경까지 몰아넣는 여자라고요!

순해 빠진 사내들조차 최소한 한 번은
손찌검을 하게 되는 그런 여자가 있지요.
그녀를 상대할 때는 제정신일 수가 없으니까요.
내 말을 믿어요.

경고를 받았지만 소용없었습니다.
유혹은 너무나 강렬했고….
안녕, 당신도 내게 마음이 있는 것 같군요.
아뇨, 아뇨. 그러지 않을 겁니다.
나는 그녀의 함정에 걸려들지 않을 거라고
생각할 만큼 오만했습니다.
내가 관심 없다는 듯이 나가면
그녀의 감정이 깨어날 거라 생각했어요.
안됐네요, 잠시 함께 거닐면
재미있겠다 싶었는데….

아내가 기다리거든요. 곧 돌아갈 겁니다.
알았어요. 좋은 저녁 시간 되세요.

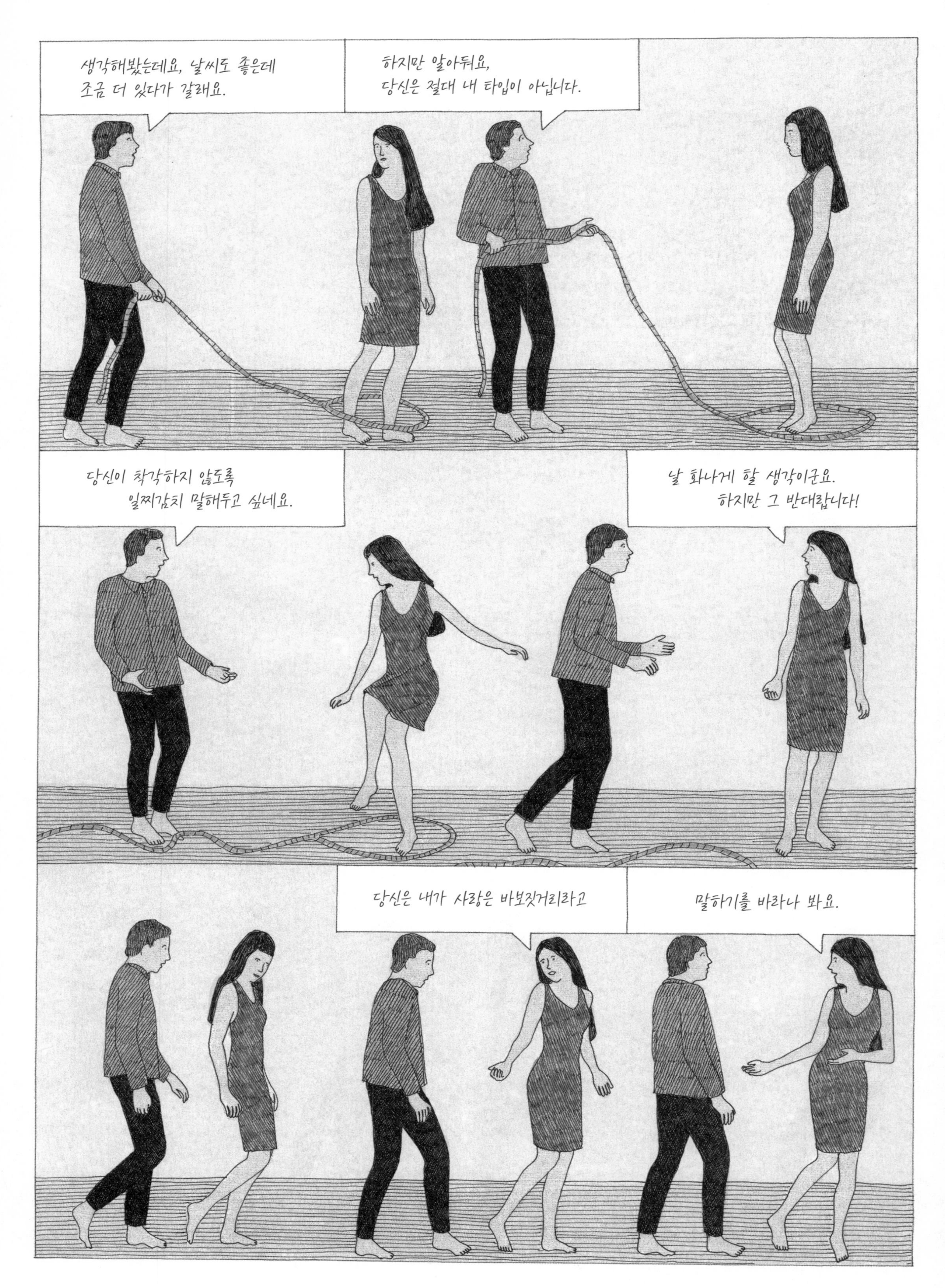
생각해봤는데요, 날씨도 좋은데
조금 더 있다가 갈래요.
하지만 알아둬요,
당신은 절대 내 타입이 아닙니다.
당신이 착각하지 않도록
일찌감치 말해두고 싶네요.
날 화나게 할 생각이군요.
하지만 그 반대랍니다!
당신은 내가 사랑은 바보짓거리라고
말하기를 바라나 봐요.

그들이 내 몸에 손대는 걸 내버려둔다면
그건 순전히 그들이 측은해서랍니다!
내 말을 못 믿어도 할 수 없어요!
하지만 분명히 말하는데, 나는 그들의
기쁨을 위해 나를 내어줄 수 있어요.
까다롭게 굴고 싶지 않아요. 내 미모가
퇴색하기 전에 그들이 누렸으면 해요.
나의 아름다움을 달리
어떻게 써야 하는지 모르거든요.

날 그런 눈으로 보지 말아요! 단순히 애착을
원했다면 개를 한 마리 샀을 거예요.
그때 이 여자가 위험하다는 걸 알았지요.
그 순수함과 당돌함 때문에
어떤 여자보다 예뻐 보인다는 것도요.
그녀는 내 타입이 아니라고 말했지만
소용없었어요. 조금은 내 타입이기도 했고….
우리의 대화가 진전될수록
점점 더 내 타입의 여자가 되어버렸어요.
당신은 무슨 일을 해요?
아니, 잠깐만요. 말하지 마요.
내가 맞혀볼게요.
음악을 하는 분, 맞지요?

재미있는 생각이네요!
당신 손을 보면서 건반 위를 춤추는 손가락을 떠올렸어요.
아, 멜로디가 들리는 것 같아요.
당신이 피아니스트가 아니라면 지금 천직이 아닌 일을 하고 있을지도 몰라요!
재미있는 분이네요.
말해줘요, 어떤 일을 하면서 살고 있나요?
내 얘기를 들을 시간은 있기를 바라요.

그녀는 자기가 한길을 가지 못한다고
말했지요.

한 방향으로만 쭉 가지를 못하고
빙 둘러 간다고.

그녀는 2년마다
새로운 직업에 흥미를 느껴

인생을 바꾸러 짐을 싸서 떠나곤 했다는군요.

다른 도시, 새로운 집,
전혀 다른 소질을 향하여.

그녀는 친구와 연인들을 잊고
새로운 사람들을 사귀었대요.

나는 배우였어요.

사진작가들 앞에서 포즈를 취했고요.

나는 빵을 팔았어요.
식당에서도 일했고요.
시장에 나가서 물건을 팔기도 했고요.
나는 가수가 되고 싶었어요.

지금은 옷을 만들어요. 주로 잔손질을 맡고 있지요. 의상디자이너가 되고 싶어요.
그녀는 옛날 프랑스영화의 여배우들처럼 발음을 분명하게 했어요.
그녀는 자기 대사를 자연스럽게 외웠어요.
그녀의 입에서 단어들은 아름다워졌어요.
그녀는 말에 음악을 부여할 줄 알았고, 그 점이 내 마음을 크게 움직였어요.
사랑도 마찬가지예요. 나는 내가 무엇을 원하는지 모르겠고, 금방 싫증을 내지요.
나보다 나이가 아주 많은 남자를 만나봤어요.

연하들도 많이 사귀었고요.

나는 여자하고도 사귀어봤어요.
놀란 것 같군요….
아뇨, 아뇨, 난 단지 당신 같은 여자를

사랑하는 건 세상 모든 여자를
사랑하는 거라고 생각했어요.
당신은 매일 새로운 여자가 되니까요.
말은 좋네요. 정작 나는 그 누구도
되지 못하는 기분인데.

아무 말이나 하지 말아요.
내가 아무에게나 마음이 흔들릴 거라 생각한다면….
와! 보세요! 다람쥐예요!

다람쥐들은 스스로에게
그렇게 많은 질문을 품지 않겠지요!
그녀가 웃을 때
고르게 자리 잡은 작고 하얀 치아들이
눈에 들어왔습니다.
내 입술을 처음으로 그녀의 입술에 포개어
그 웃음을 삼켜버리는 상상을 했어요.
무슨 얘기를 하다가 이렇게 됐더라?
나도 모르겠네요.

이 흥분되는 선율은 어디서 오는지?
당신의 몸에서 들려.
자신 있게 말할 수 있어.
당신에게서 나는 소리.

그들의 아코디언 심장,
펄떡펄떡 뛰면서 쭉 늘어났다가
다시 오그라들지.
주름상자는 왕복하며
음악을 만들어내지.
색정적인 리듬의 음악을.

내 심장박동이 느껴져.
내 이성이 흔들리는 것을 느껴.
이 연주가 언제 끝날까?
더 이상은 즐기면 안 돼.

그들의 아코디언 심장,
펄떡펄떡 뛰면서 쭉 늘어났다가
다시 오그라들지.
주름상자는 왕복하며
음악을 만들어내지.
색정적인 리듬의 음악을.

미쳐버리지 않으려고,
집착에서 벗어나려고,
내가 그녀의 품으로
뛰어드는 상상을
떠나보낸다.
어떤 것을 오랫동안 탐내면
소유로써만 그것에 대한
생각을 멈출 수
있지 않을까?
그래서 나는
선을 넘어서는 안 된다는
금지를 슬쩍 건드리되
정말로 사랑에 빠지거나
아내에게 상처를 주기 전에
그만두겠다고 결심했다.
나는 일시적인 것을 지속시키려고 했다.
나는 시간의 침입을 금지함으로써
연애의 가장 아름다운 순간을
고착시키려고 했던
것이다.

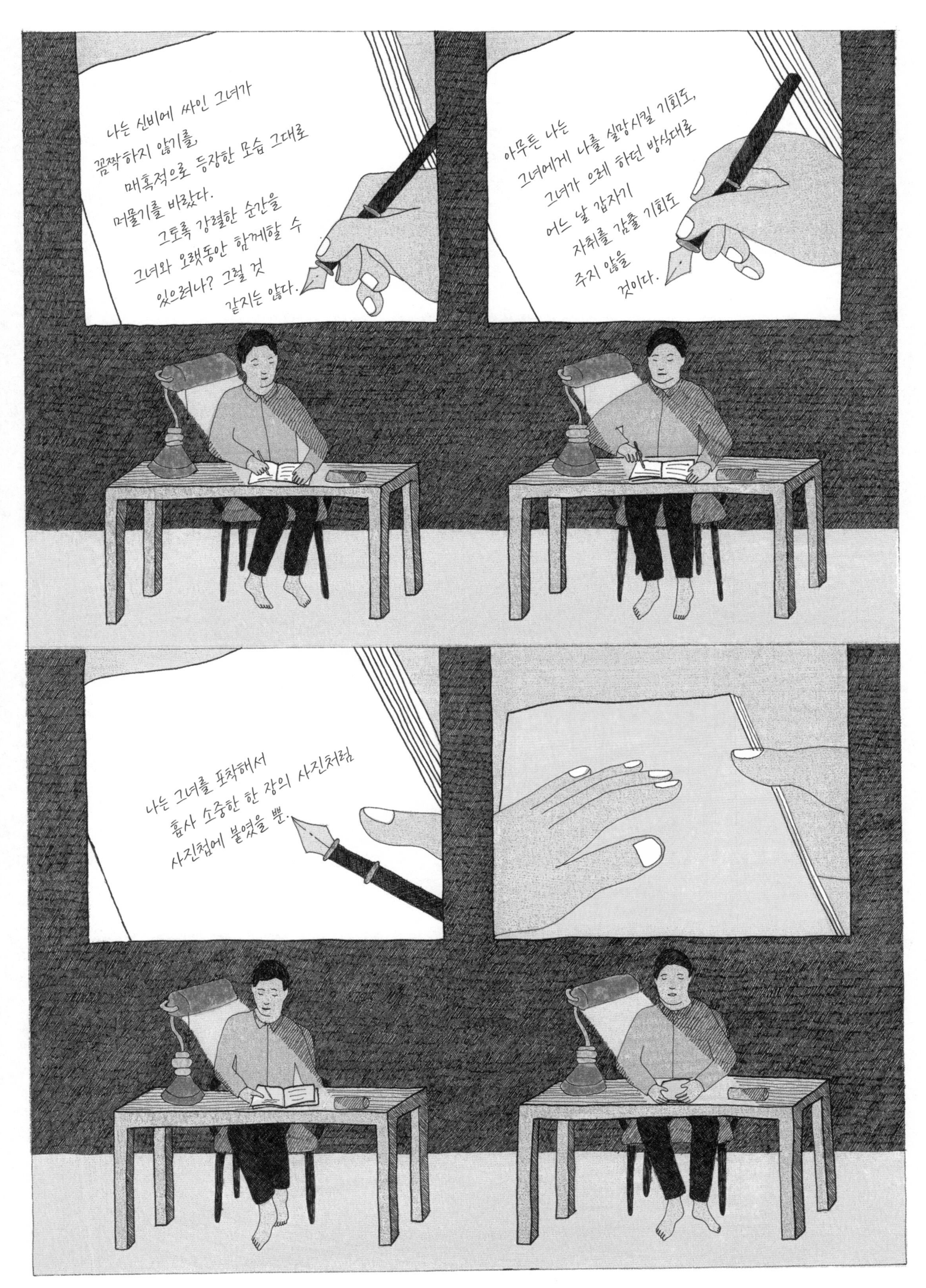
나는 신비에 싸인 그녀가
꼼짝하지 않기를,
매혹적으로 등장한 모습 그대로
머물기를 바랐다.
그토록 강렬한 순간을
그녀와 오랫동안 함께할 수
있으려나? 그럴 것
같지는 않다.
아무튼 나는
그녀에게 나를 실망시킬 기회도,
그녀가 으레 하던 방식대로
어느 날 갑자기
자취를 감출 기회도
주지 않을
것이다.
나는 그녀를 포착해서
흡사 소중한 한 장의 사진처럼
사진첩에 붙였을 뿐.

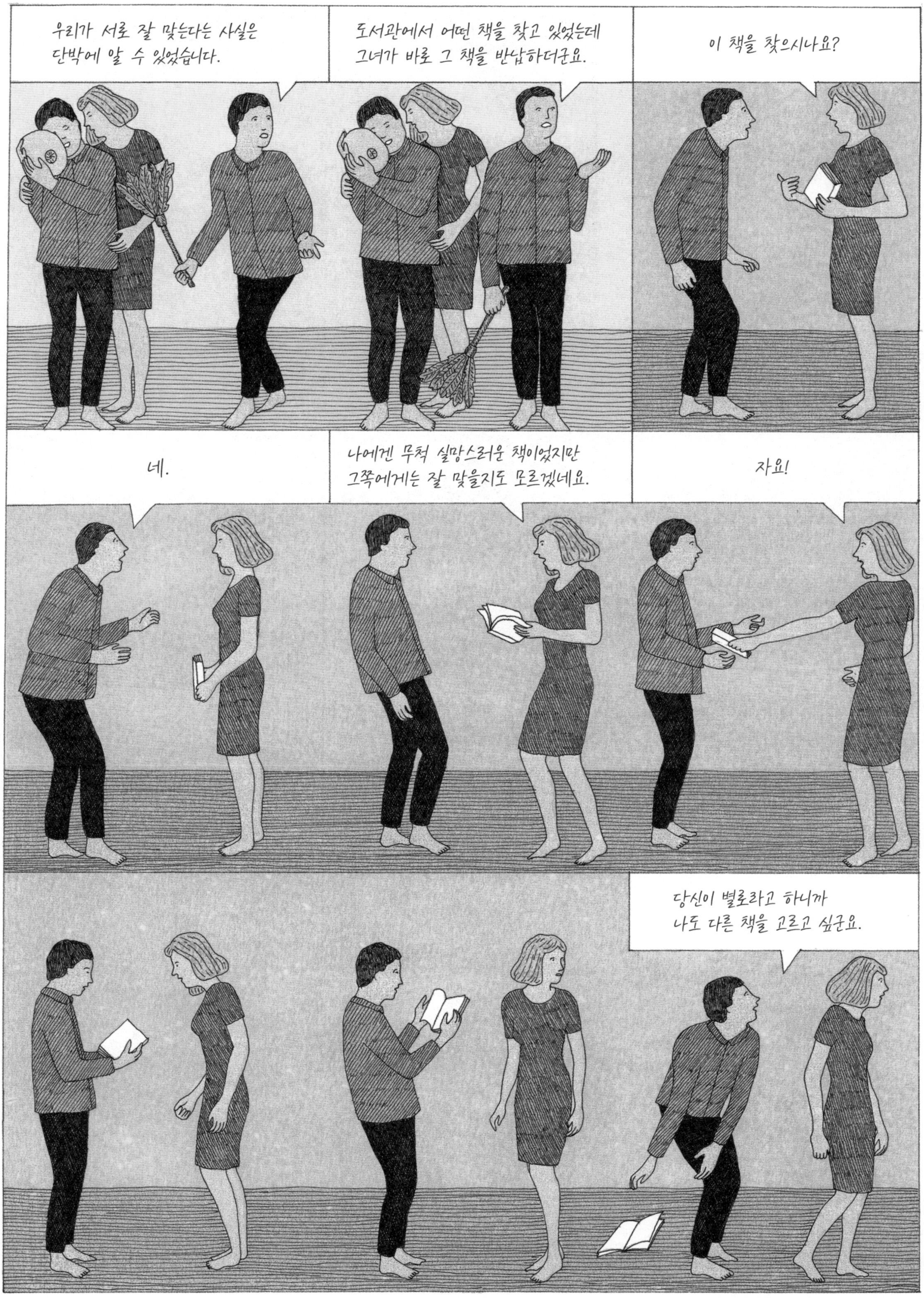

우리가 서로 잘 맞는다는 사실은
단박에 알 수 있었습니다.

도서관에서 어떤 책을 찾고 있었는데
그녀가 바로 그 책을 반납하더군요.

이 책을 찾으시나요?

네.

나에겐 무척 실망스러운 책이었지만
그쪽에게는 잘 맞을지도 모르겠네요.

자요!

당신이 별로라고 하니까
나도 다른 책을 고르고 싶군요.

그녀는 나보다 열 살쯤 더 많았고 늘
나보다 앞서나가는 것처럼 보였습니다.
그녀는 내가 읽으려고 생각했던 책들을
모조리 자기가 먼저 읽었습니다.
그래서 그녀가 그 책들을
나에게 건넬 때면,
내가 처음 읽는 게 아니라 그녀의
발자국을 그대로 따라가는 기분이었어요.

그녀는 도움이 되는 조언과 당부를 할 줄 아는 여자였습니다. 나는 그게 기뻤고, 우리는 자주 보는 사이가 되었지요.
이 책들은 재미있을 거예요!

처음에는 독서에 한해서만
그녀의 조언을 들었지요.

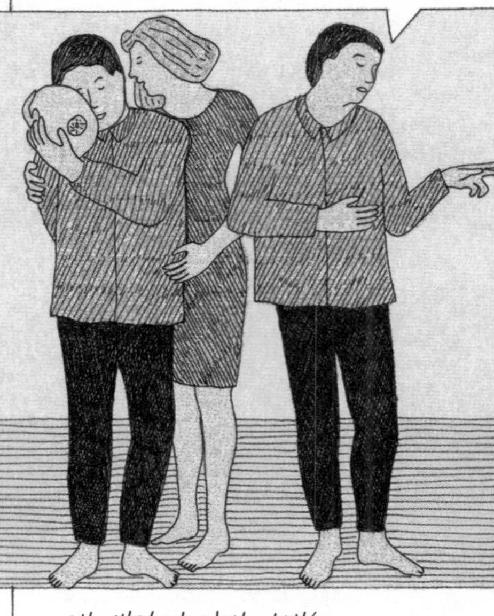
시간이 흐르면서 그녀의 조언은
생활 전반으로 확대되었습니다.

저것 봐요,
선물로는 안성맞춤이겠어요!

아, 그래요! 오른쪽 것이 여성스럽고 좋네요.
내 생각에 당신 아내는
이 밀짚모자를 더 좋아할 거예요.
저건 너무 한껏 꾸민 느낌이거든요.

그럴까요?
아내 분은 화려하게 꾸미지 않아도
아름다울 거예요.
써볼래요? 봐야 알겠어요….

아, 당신 말이 맞아요. 이 모자,
아내가 틀림없이 좋아할 거예요.

바로 이런 모자를 사려고 했는데!
내 생각을 읽기라도 한 거야?
덕분에 선물을 잘 고를 수 있었어요. 아내가
얼마나 기뻐했는지 당신도 봤어야 했는데!
당신이 줬던 책이 어디 갔는지 모르겠어.
당신 물건들 틈바구니에 어디 있겠지.

전에 빌려줬던 책 이제 돌려줘요.
그 책 찾았어. 당신 말이 맞더라.
일주일만 친정에 가 있을게.
금요일 저녁에 맥주나 한잔할까요?
난 그때 없을걸요.
화요일 점심이나 같이 먹으면 어때요?

그녀는 직업상 여행을 많이 다녔지만 거리가
우리의 소통에 방해가 되진 않았어요.
장문의 편지로 대화를 나누는
그 시간들이 나는 오히려 좋았습니다.

친애하는 이에게,

지난번 편지에서 당신은 아내와의
불화 때문에 무척 괴로워하는 것처럼
보였어요. 내 생각에 불화가 있는
커플은 그래도 살아 있는 커플이에요.
남녀가 서로 너무 생각이 잘
맞는다면 오히려 걱정을 해야 한다고
봐요. 내가 당신이라면 기뻐할
거예요. 당신은 아내가 큰 소리로
오열했다고 했지요. 그거야말로
그녀가 당신에게 아직 무뎌지지
않았다는 확고한 증거 아닌가요?

그녀가 며칠째 당신과 말도 하지
않는 이유는 당신이 반응을 보이고
애정을 보여주길 바라기 때문이에요.
나는 둘 사이가 잘 풀릴 거라
확신하지만 당신도 가끔은 자존심을
한쪽으로 제쳐둘 필요가 있답니다.
나에게 약속해요, 그녀에게
한 발짝 다가가 그녀의
괴로움을 이해하려고 노력하겠다고!
나는 잘 지내요. 이만 줄일게요.
저녁 약속이 있어서 나가봐야 해요.

다정한 인사를 보내며.

나의 친구에게,
빨리 집으로 돌아가고 싶어 조바심이
나요. 호텔 객실은 이제 지겨워요.
주말에는 그쪽에 있을 거니까 당신이
시간을 좀 낼 수 있다면 얼굴을
볼 수 있겠지요.
당신이 쓰는 희곡에 많은 진전이
있었기를 바라요. 당신이
희곡 얘기를 하지 않은 지 한참
됐네요. 당신 글을 읽고 내 관점을
조금 말해줄 수 있다면
나도 무척 기쁘겠어요.
그리고 내가
무척 호감 가는 남자를 만났는데
아마 그를 또 보게 될 것 같아요.
당신이 당신 원고를 나에게
보여준다면 나는 그 남자 사진을
보여줄게요. 약간 협박 같기는
하지만 당신은 호기심이 많은
사람이니까 이 함정에 빠질 수밖에
없을걸요.
다정한 키스를 보내며.

그녀의 영향으로 많은 것을 배우고 더
나은 사람이 된 것 같은 기분이 들었습니다.
매일 그녀의 장점과 시각을 훔쳐낸 나머지
나는 점점 그녀를 닮기에 이르렀습니다.

원고 고마워요.
오늘 잠자기 전에 꼼꼼하게 읽어볼게요.
자, 그 남자 사진 보여주세요.
뭐가 그리 급해요!

자요.
이런 남자일 거라고는 생각하지 않았어요.
주세요, 좀 더 자세히 볼래요.
미안하지만
당신하고는 어울리지 않는 것 같아요.
왜 그런 말을 해요?
나도 몰라요.

그 남자는 느낌이 오지 않아요.
표정이 강팍하고 눈빛이 못됐어요.
당신 같은 여자에게는 좀 더 다정한 남자가 필요할 것 같아요.
이보다 더 섬세한 남자는 만난 적 없어요!
사진을 다시 봐요. 당신이 제대로 보지 않아서 그래요.
나도 좋게 보려고 노력하는 중이에요. 하지만 보면 볼수록 마음에 안 드네요!
당신 때문에 속상해요.

혹시 그 남자가 나를 바라보면서
못된 표정을 짓는 걸까요?

이제 당신하고 말하기 싫어요.

봐요! 그 남자는 이제 막 등장했는데 벌써 우리 사이를 괴롭히고 당신과 나를 떼어놓잖아요. 그러니 나에게 그 남자가 좋은 사람이라는 말은 하지 말라고요….

당신은 질투하는 거예요. 이게 진실이죠.
그 말은 안 들은 걸로 하지요!
아뇨, 질투하는 거 맞아요!
내가 당신 아닌 다른 남자들을 칭찬하는 꼴을 못 보죠.
이 남자가 못되게 생겼다고요? 예전에 다른 남자들은 잘난 척한다, 진실성이 부족하다고 했잖아요.
어떤 남자에 대해서는 사는 게 우울해 보여서 나에게까지 슬픔을 전염시킬 거라고 했잖아요.
당신 말을 듣고 있으면 날 행복하게 해줄 만큼 좋은 남자가 세상에 없는 것 같아요.
당신을 그만큼 높이 평가하니까요!
아뇨, 당신은 당신 생각밖에 하지 않아서 그래요!

내가 그녀의 시선을 독점하려고 한다는
비난은 전에도 들었습니다.
하지만 늘 그랬듯이 그녀는 곧세 이성을
되찾고 내가 그녀를 생각해서 그렇게
말한 거라고 이해해주었습니다.
미안해요, 당신은 좋은 뜻에서
말했을 텐데 내가 흥분했네요.

괜찮아요.
당신 말에 일리가 있어요. 난 나와 어울리지 않는 남자들에게만 끌리죠.
공연히 힘 빼지 않도록 경고해줘서 고마워요.
당신은 정말 좋은 친구예요!
실은 상황이 이렇게 풀리지 않았지만요.
그녀의 연애를 내 입맛대로 좌절시켰다는 생각을 하면 지금도 굉장히 마음이 불편합니다.
실상은 이러했습니다….

당신은
다른 사람 입장에서
생각할 줄 모르는
이기주의자예요.
당신은 매일 밤
아내의 따뜻한 몸에
기대어 잠들고 매일 아침
눈을 뜨면 그녀의
목덜미가 보이겠지요.
당신이 그러는 동안
나는 내처 혼자예요.
우리의 대화는
나에게도
큰 도움이 되지만
어쨌든 날 사랑해주는
사람은 아무도
없다고요.

저기요,
당신에게
상처를 주고 싶지
않았어요.

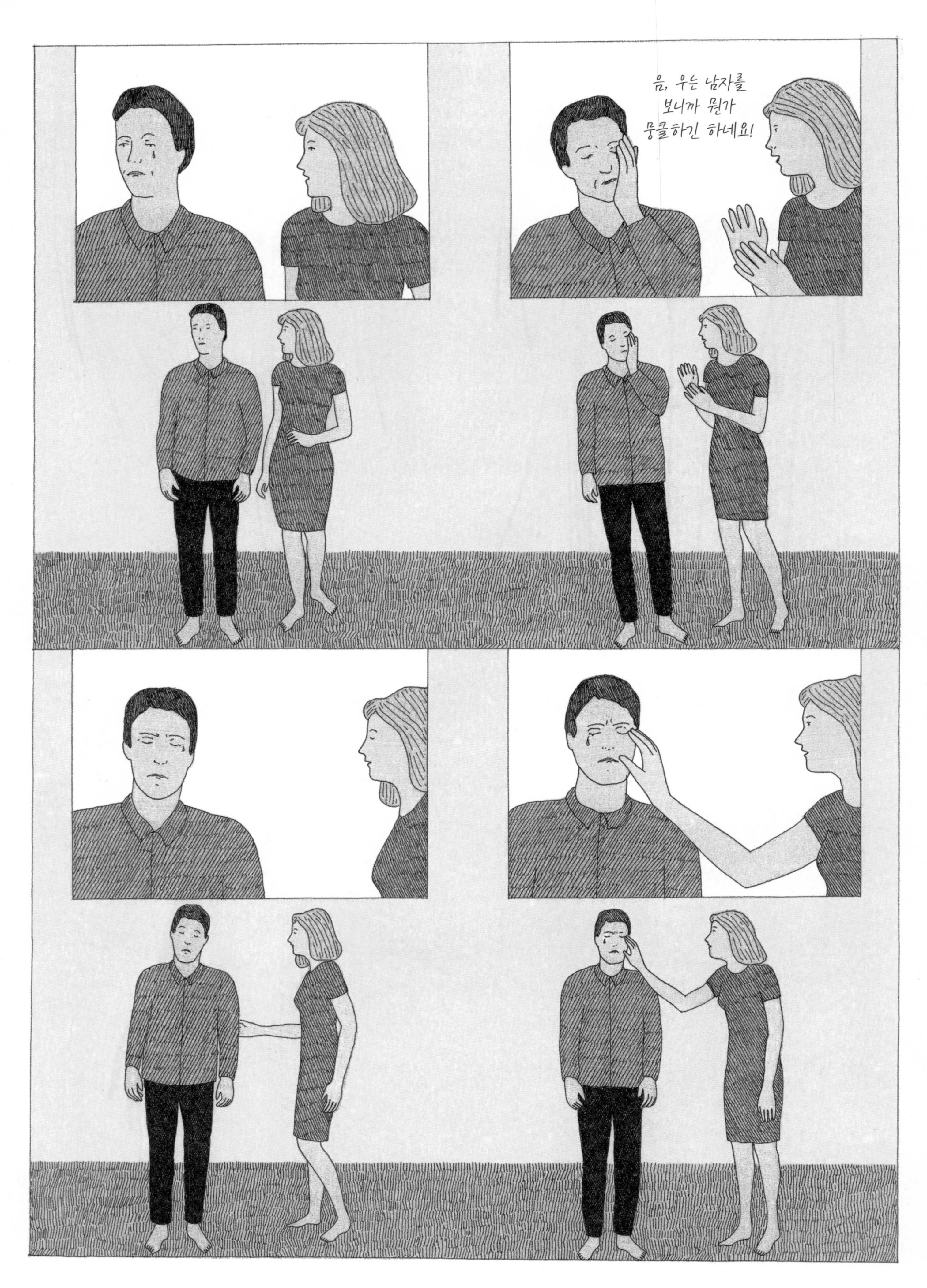
음, 우는 남자를
보니까 뭔가
뭉클하긴 하네요!

내가 실수로 당신 안에 잠자는
이 작은 남자를 깨운 것 같네요.

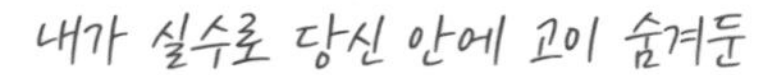
내가 실수로 당신 안에 고이 숨겨둔

이 어린 소년을 깨운 것 같네요.

내 고운 노래가 당신의 고통을 달래주기를.
눈가에서 흘러넘치는 급류를 멈추어주기를.

나에게 와요, 난 이제 회한이 없으니.
내 품에 안겨 눈을 감고 두려움에게 문을 잠가 걸어요.

내 고운 노래가 당신의 고통을 달래주기를.
눈가에서 흘러넘치는 급류를 멈추어주기를.

어리석기는! 우리의 우정은 순수하고 진실하다고
생각했건만! 왜 내가 그녀의 가슴에
손을 뻗어야 했을까요? 왜 애착인형에 매달리듯
그 품에서 위로를 구했을까요?
나는 이제 그녀와 도서관에 가지 않을 거예요.
그녀의 편지도 받을 수 없을 거예요. 그녀가 내
원고에 대해서 어떻게 생각하는지도 영영 알 수
없겠지요. 바보 같은 놈! 내가 손대면 다 망쳐버려요.

나는 이제 여자들과 애매한 관계를
유지하지 않겠노라 다짐했어요. 그런 관계가
부질없다는 생각이 들어서 내가 사랑하는
한 여자에게 다시 집중하고 싶었습니다.
하지만 때로는
우리 마음대로만 되지 않는 게 인생이지요.

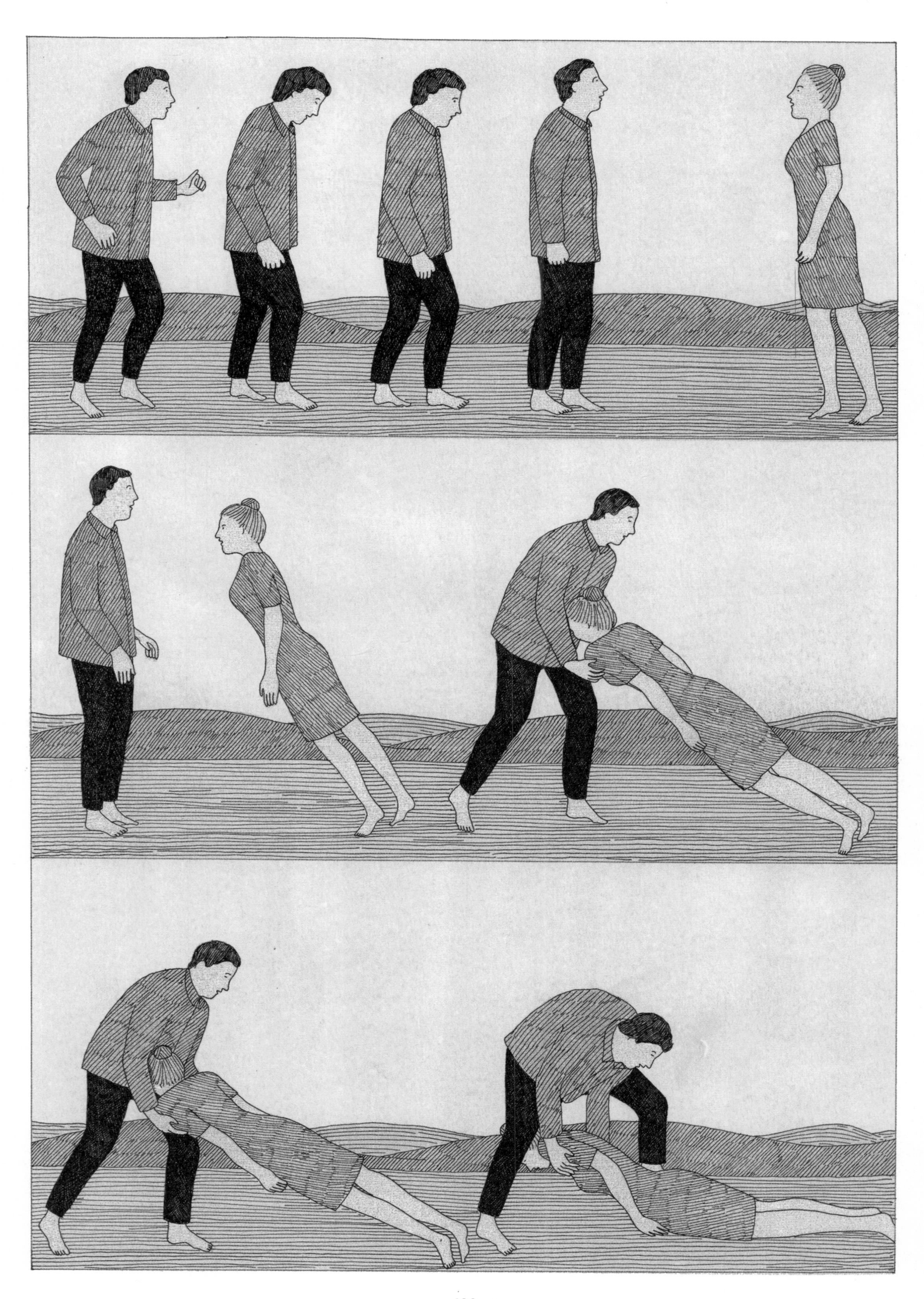

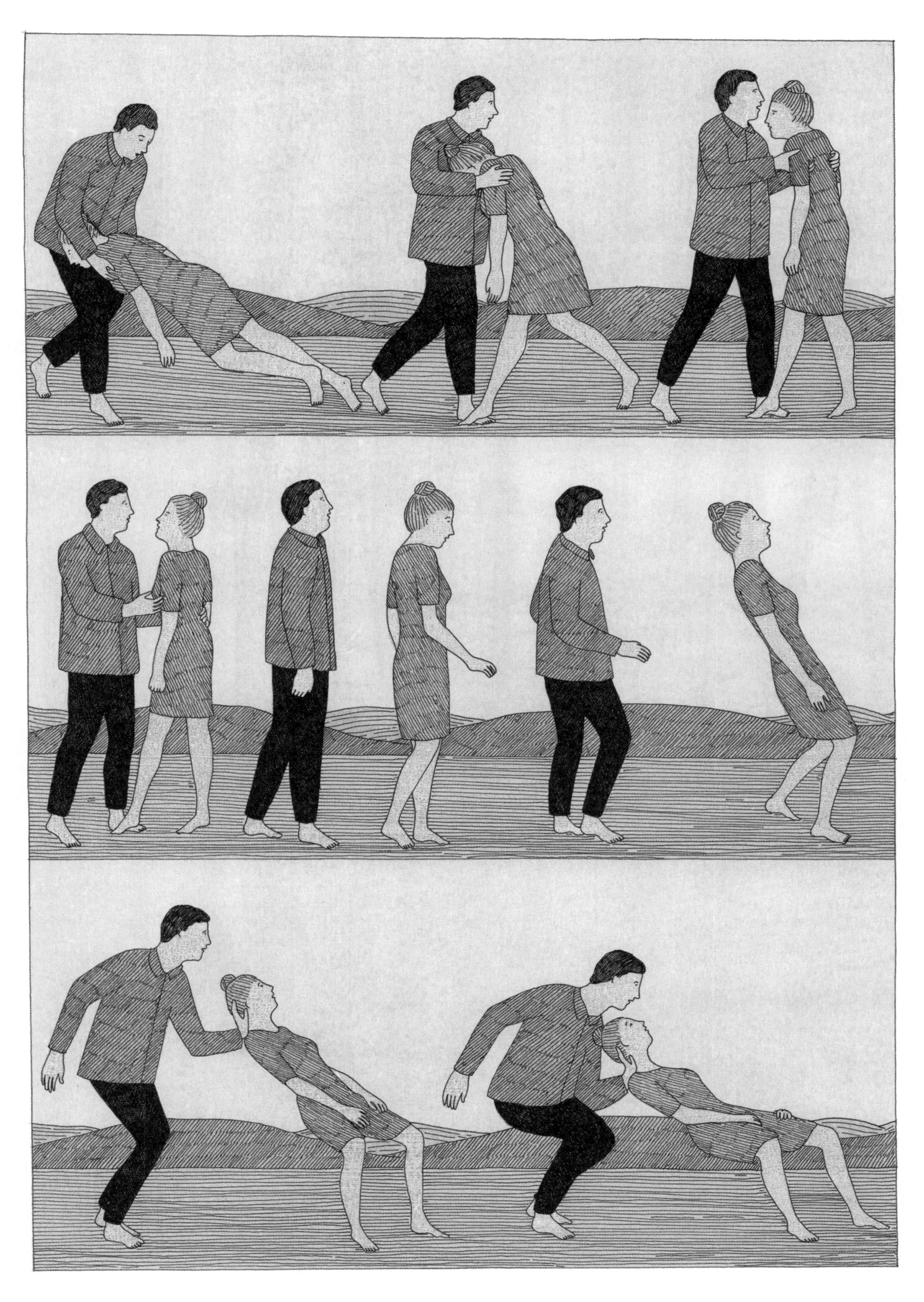

어쨌거나 여자가 땅바닥에 쓰러지게
내버려둘 수는 없었어요.
젊은 여자가 정상이 아닌 것 같아서
도와줘야겠다고 생각했지요.
어느 누구라도 나처럼 행동했을 겁니다.

무슨 일입니까?
슬퍼서 그래요. 가끔은 슬픔이 너무 커서 몸이 말을 듣지 않아요.
아! 어쩌다 그렇게까지 슬픔에 빠진 겁니까?
나도 그걸 몰라요. 뭔가 심각한 일이 있었던 것 같은데.
아무리 찾아봐도 이 압도적인 슬픔의 원인을 나는 모르겠어요.

의사들도 만나봤어요.
의사들도 애를 쓰긴 했지만 나에게서
아무런 문제도 찾아내지 못했지요.
저런, 끔찍하네요!

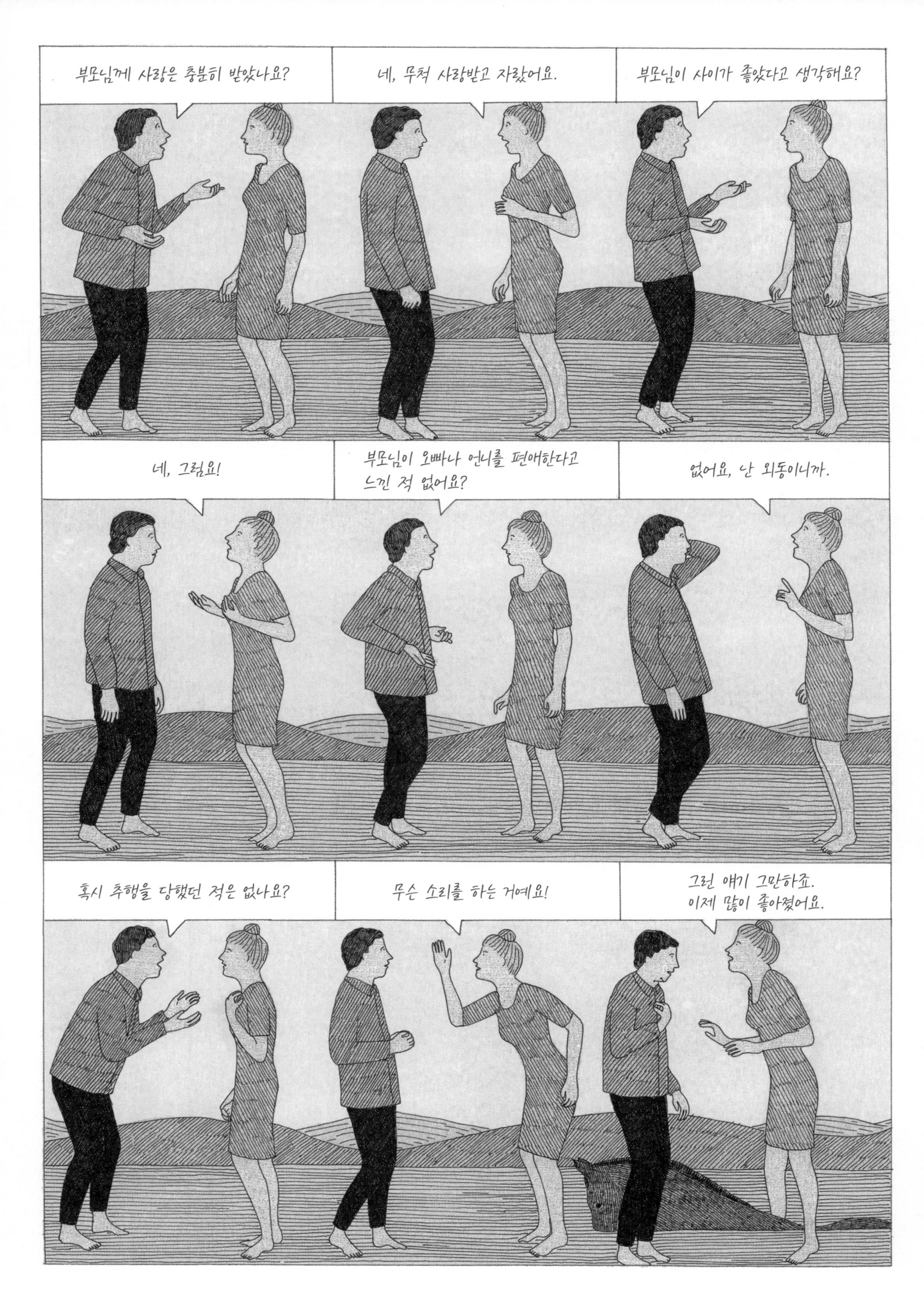
부모님께 사랑은 충분히 받았나요?
네, 무척 사랑받고 자랐어요.
부모님이 사이가 좋았다고 생각해요?
네, 그럼요!
부모님이 오빠나 언니를 편애한다고
느낀 적 없어요?
없어요, 난 외동이니까.
혹시 추행을 당했던 적은 없나요?
무슨 소리를 하는 거예요!
그런 얘기 그만하죠.
이제 많이 좋아졌어요.

정말 아까보다 안색이 좋아졌네요.
당신이 나를 구해준 후로 몸과 마음이 한결 가벼워졌어요. 보세요, 행복해지고 싶다는 충동에 사로잡힌 것처럼 활력이 샘솟네요!
내가 별 도움이 된 것 같진 않지만 갑자기 환해진 당신 얼굴을 보니 놀랍네요. 아예 다른 여자를 보고 있는 기분이에요.
다 당신 덕분이에요.

민망하군요.
여자의 슬픔을 덜어준 게 어째서 민망한 일인가요?
당신이 쓰러지지 않게 붙잡은 것 말고는 한 일이 없으니까요. 내가 뭘 했다고요.
이제 당신도 괜찮아졌으니까 나는 내 길로 갈게요. 아내가 걱정하기 전에 집에 들어가야겠어요.

나, 괜찮아진 것 같지 않아요.

그런 여자는 한 번도 본 적이 없다.
그녀는 벽난로에서 타오르는 불처럼
약해 보였다.
어떤 때는 타닥타닥 소리를
내고 확 타올랐지만 문득
순식간에 꺼져버렸다.
그런 여자에게는
늘 주의를 기울이고 배려해주는
수호기사가 필요할 성싶었다.
불씨를 잘 돌보고 불꽃이
활활 올라오는지 지켜보면서
때맞춰 장작을 더 넣어줄 수
있는 사람.

그녀를 보면
기계장치로 돌아가는 장난감이
생각나기도 했다.
누군가가 늘
뒤쪽에서 태엽을 감아주든가
손잡이로 조작을 해야만
움직일 수 있는 장난감
말이다.
그녀 혼자서는
축 늘어진 꼭두각시 인형이나
다름없었다. 그런 인형은 제 몸을
가누지 못하므로 누군가가 잡아주지
않으면 벌러덩
쓰러진다.

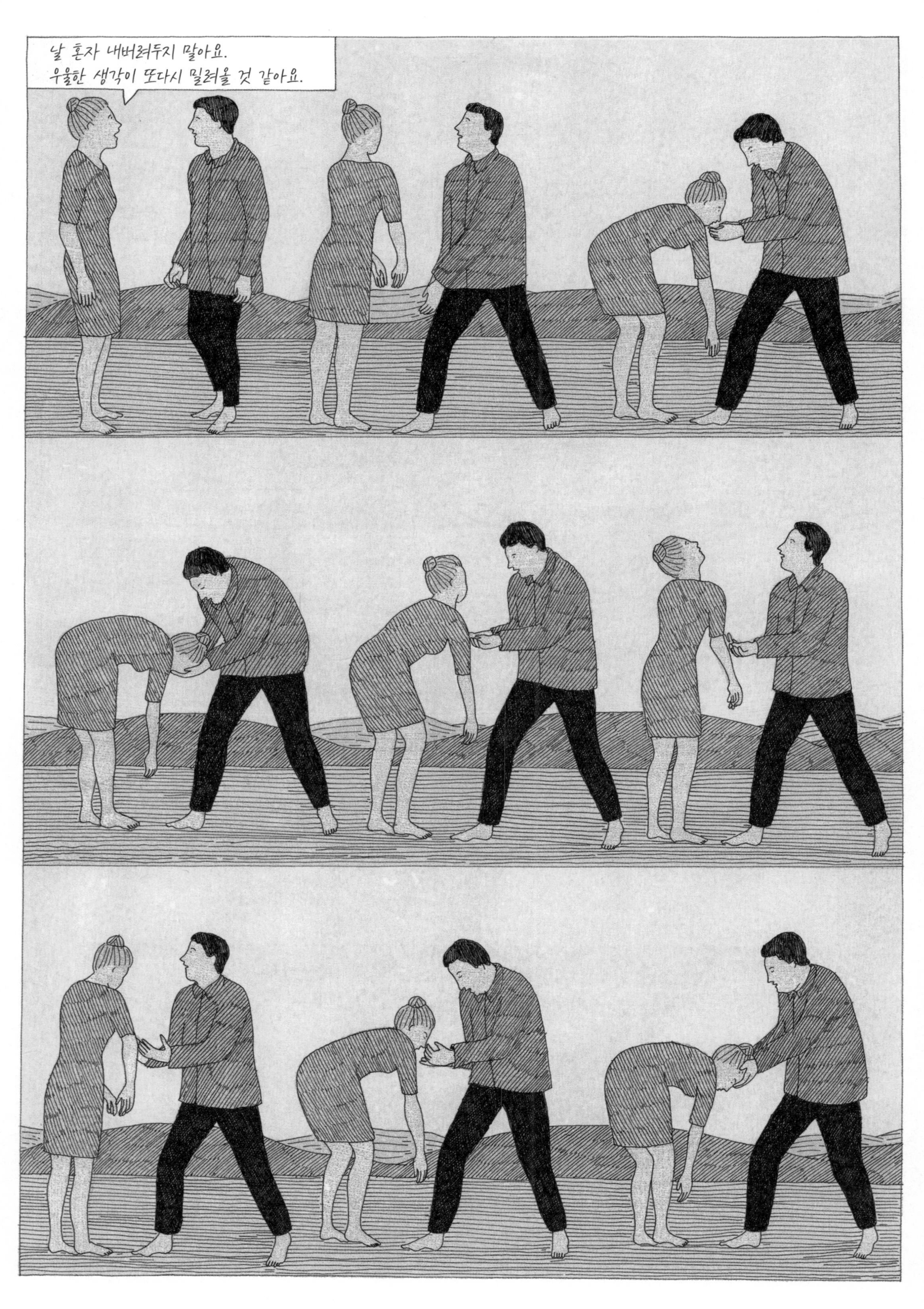
날 혼자 내버려두지 말아요.
우울한 생각이 또다시 밀려올 것 같아요.

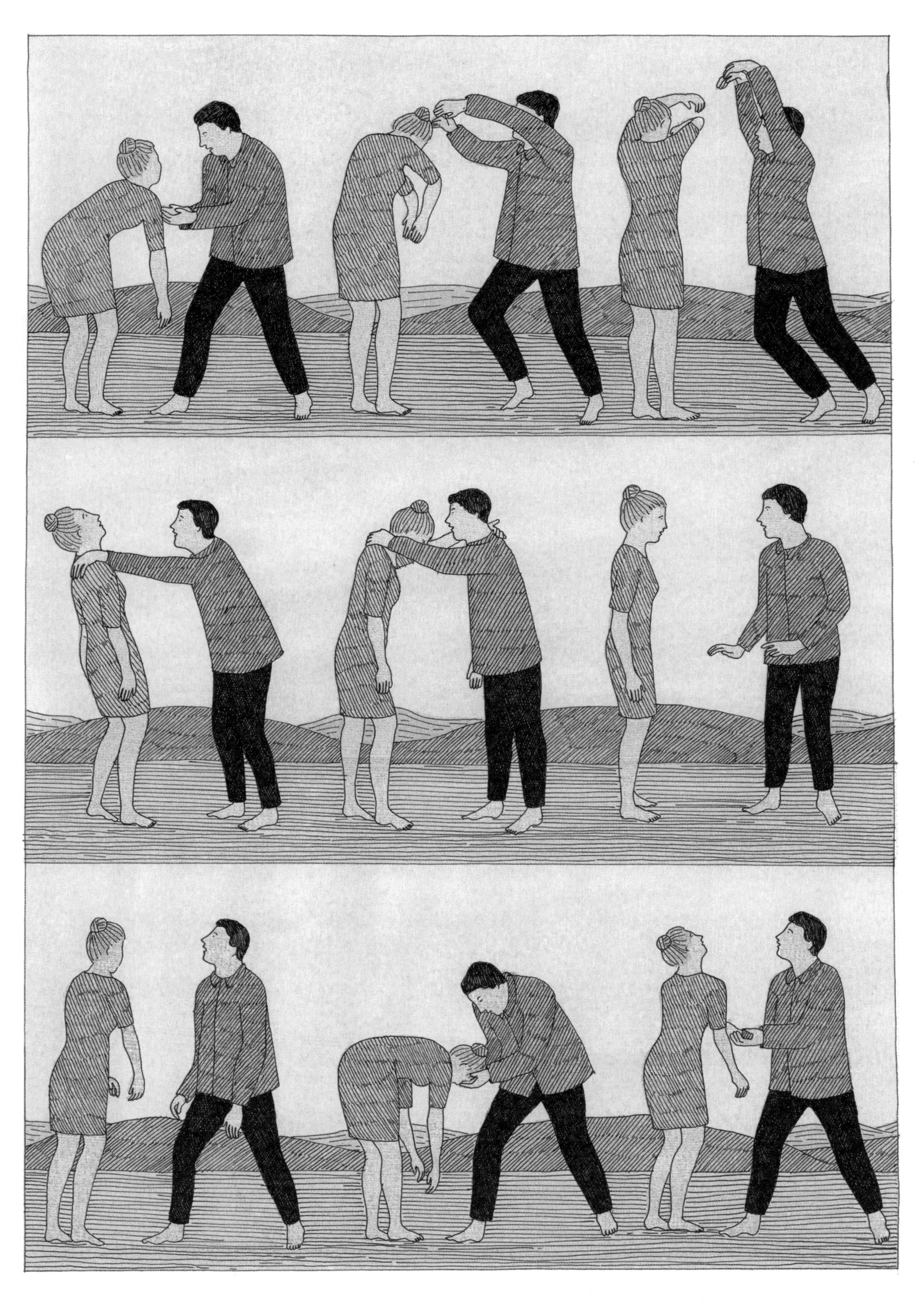

미안해요.
아프게 할 생각은 아니었어요.
아뇨, 아프진 않습니다. 하지만 겁이 나네요.
당신을 머리로 들이받으려던 게 아니에요. 인생이 원망스러웠을 뿐인데, 내가 착각을 했어요.
나를 인생으로 착각했다고요?
그냥 당신을 들이받는 게 더 쉬웠다고 해두죠. 내 진짜 표적은 윤곽도 없고, 형태도 없고. 내 앞에 붙잡아놓을 수도 없으니까요.
아, 그래요. 그렇죠….

이제 난 가야 해요.
아, 세상에! 완전히 창백해졌어요!
내가 가지 않았으면 좋겠어요? 그런 건가요?

알았어요, 조금만 더 있을게요.
당신을 두고 가려니 난처하네요.
다른 사람이 이쪽으로 지나가면…
당신을 맡기고 갈 수 있을 텐데요.
두고 봐요, 그러면 내가 가거나 말거나 신경도 안 쓸걸요?
하지만 다른 남자가 여기 오지 않으면 당신 아내가 걱정을 하겠지요.

아내에게는 설명을 할 거예요.
아내는 좋은 사람이에요. 힘들어하는 사람을 도와줬다고 얘기하면 절대로 내게 뭐라고 하지 않을 거예요.
정말… 그렇게 믿어요?
확신해요!
나에게 다른 사람들을 배려하는 법을 가르쳐준 사람이 아내거든요.
원래 나는 다른 사람의 감정을 헤아릴 줄 몰랐어요.
내가 지금 당신 곁에 있는 것도 아내는 내가 이렇게 하기를 원할 거라 생각하기 때문입니다.
당신의 고통을 보살피되 당신 아닌 다른 여자를 기쁘게 하고 싶은 거죠, 이해가 가나요?
그 말인즉슨, 날 두고 가지 않겠다는 거군요!

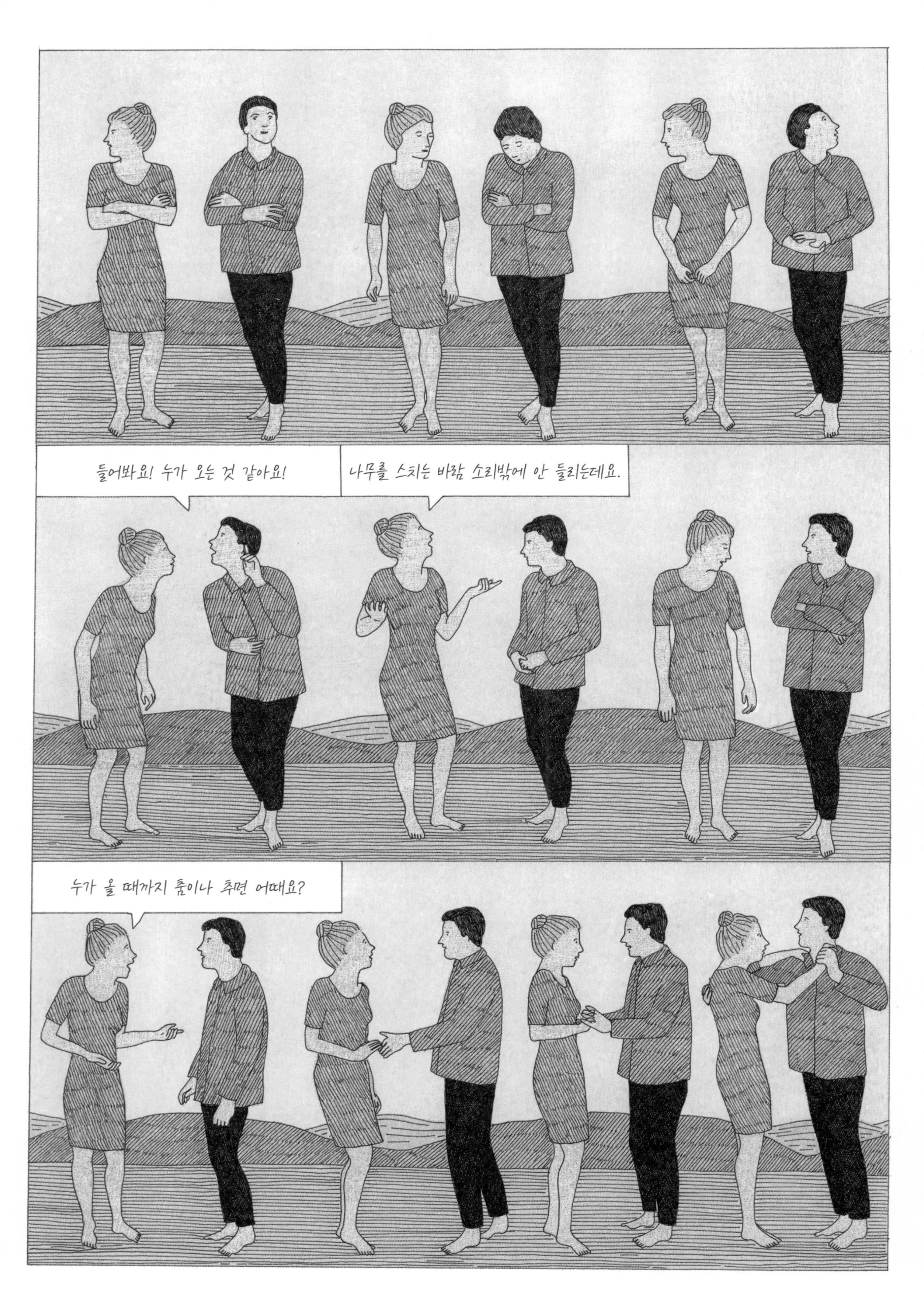
들어봐요! 누가 오는 것 같아요!
나무를 스치는 바람 소리밖에 안 들리는데요.
누가 올 때까지 춤이나 추면 어때요?

몇 시간째 춤을 췄더니 머리가 어질어질해요. 여기는 지나다니는 사람도 없나 봐요.

결코 오지 않을 사람을 기다리는 기분이에요.
어쩌면, 아예 존재하지도 않는 사람을요.

석재의 품질과 건축물의 잠재력이
한눈에 보이는 유적이 있는 법입니다.
그녀의 육체가 부서져 내렸을 때 그
잔해를 보면서도 같은 느낌이 들었습니다.
그 보드라운 피부와 개성적인 아름다움을
깨닫게 해주려고 내 앞에서 무너져
내렸나 싶었습니다.
그녀를 재구성하면서 그 피부를 만지고
파편 하나하나를 맞추는 것이 얼마나
즐거운지 실감했습니다.
나는 디테일 하나도 놓치지 않고
그녀의 몸뚱이를 섬세하게
짜 맞추었습니다.

바로 그 순간에서 나는 우리의 이야기를 멈추기로 했습니다. 일단은 내가 너무 멀리 왔고요.
그리고 이 순간이 지나고도 그녀의 아름다움이 변치 않을 수는 없다고 확신했습니다.

III

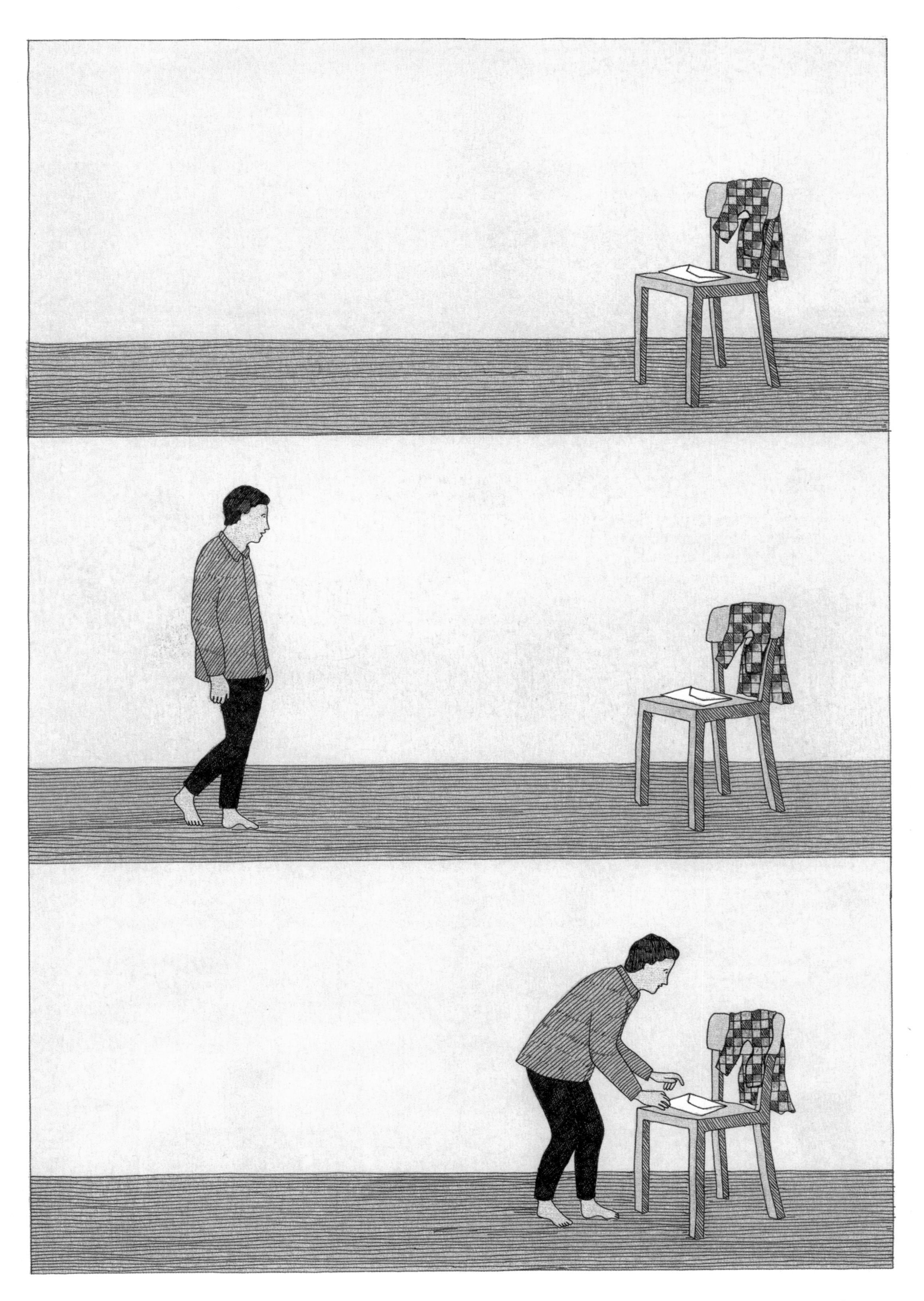

내 사랑, 나는 비겁해지고 싶지 않아. 당신 눈을 똑바로 바라보며 말할 수 있으면 좋겠어.

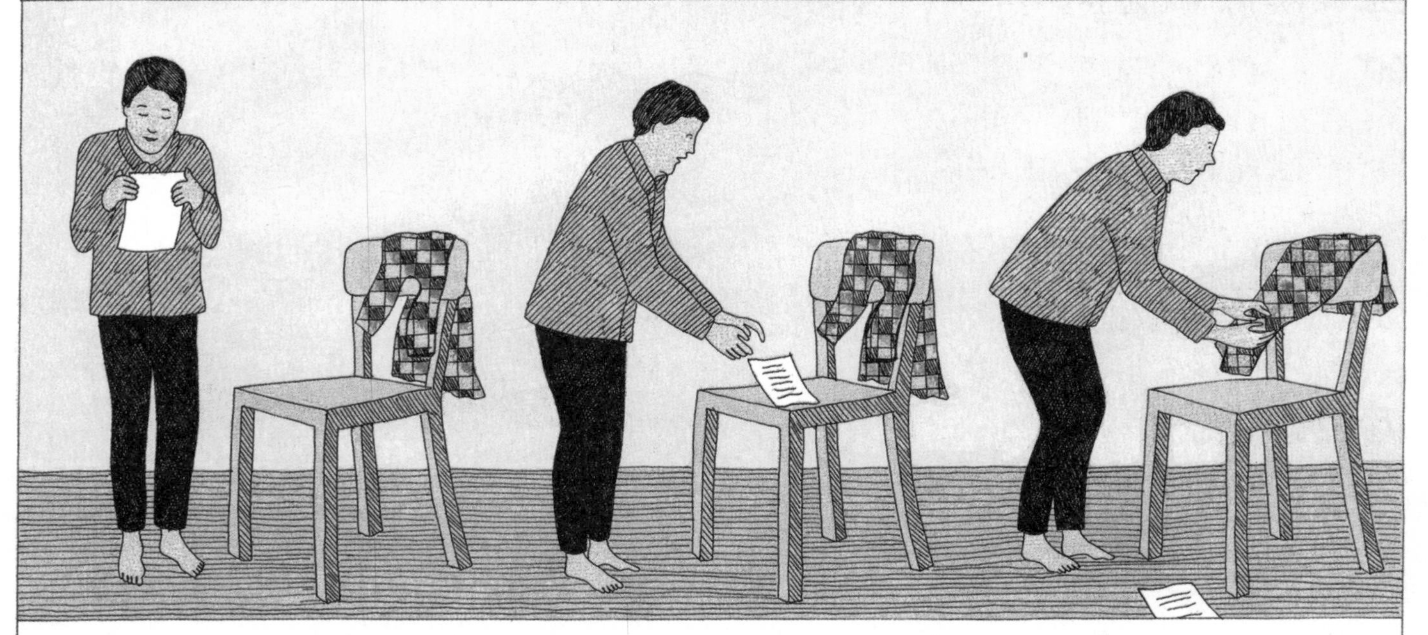
미안하지만 당신을 이제 사랑하지 않는다고. 당신에게 이 편지를 남기고 떠나는 이유는

용기가 없기 때문이야. 나도 몇 번이나 말하려 했지만 말이 입에서 나오지 않고 몸에 도로 삼켜지는 것 같았어.

당신은 이유가 궁금하겠지. 다른 남자가 생긴 걸까, 당신에게 불만이 있었던 걸까, 하고.

이별에는 반드시 이유가 있지. 하지만 나에게는 이유가 없어.

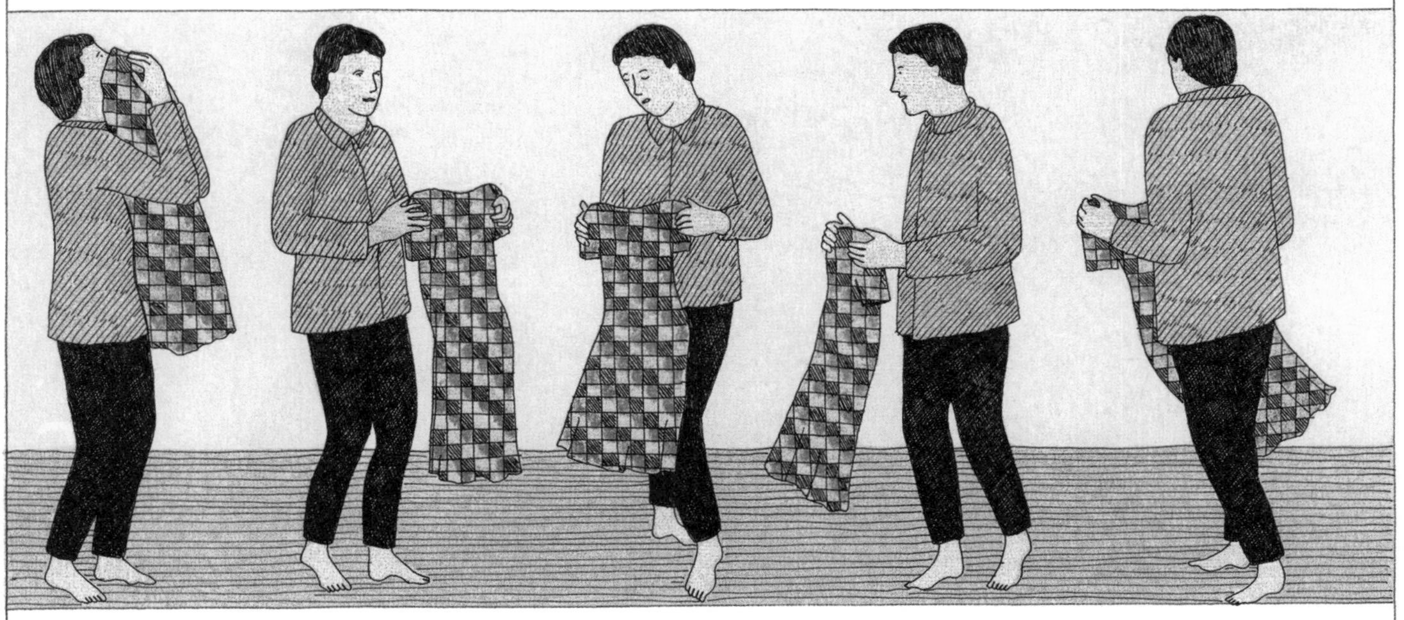

나도 모르는 사이에, 가랑비에 옷 젖듯, 이렇게 되어버린 거야.

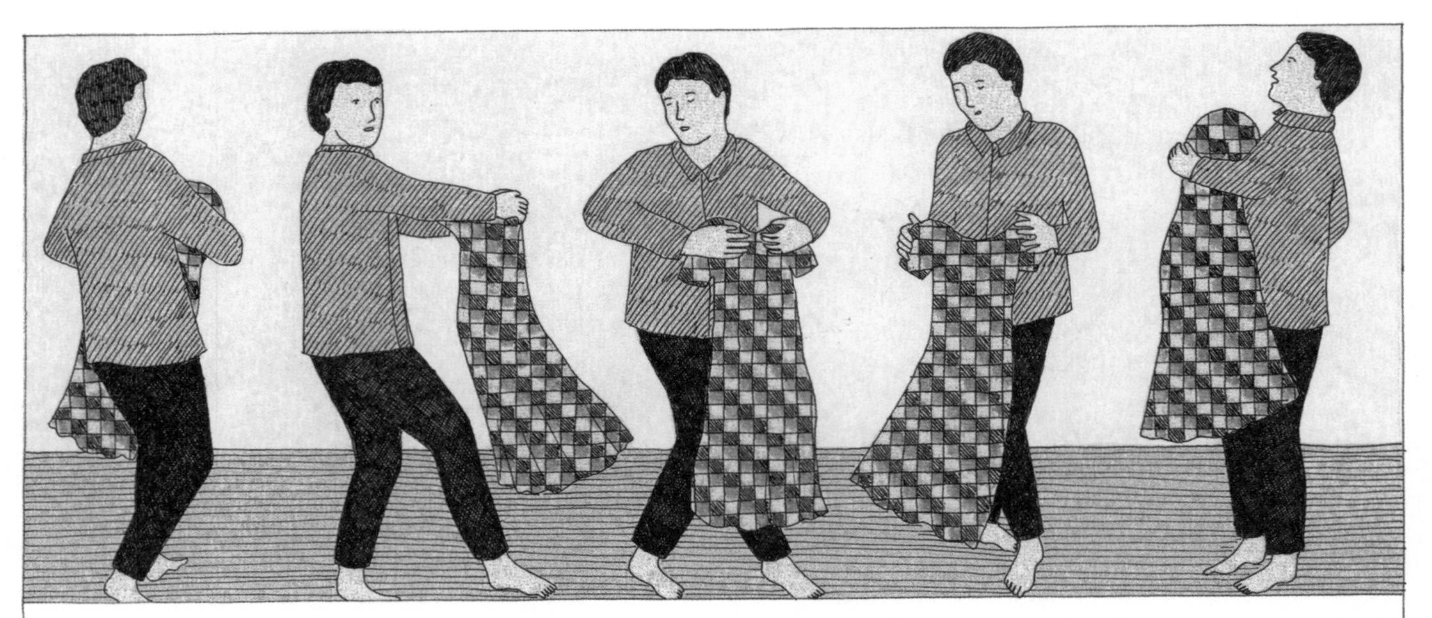

당신 농담이 차츰 덜 재미있게 느껴졌고, 당신의 애무가 전처럼 날 진정시켜주지 못했고, 당신 잘못을 점점 덜 너그러이 보게 됐어.

최근에 피곤한 일이 많아서 내가 참을성이 부족한가 보다, 시간이 좀 지나면

다시 당신을 우상 떠받들 듯 사랑하게 될 거다, 생각하기도 했지. 불행히도 그렇게 되지는 않더라.

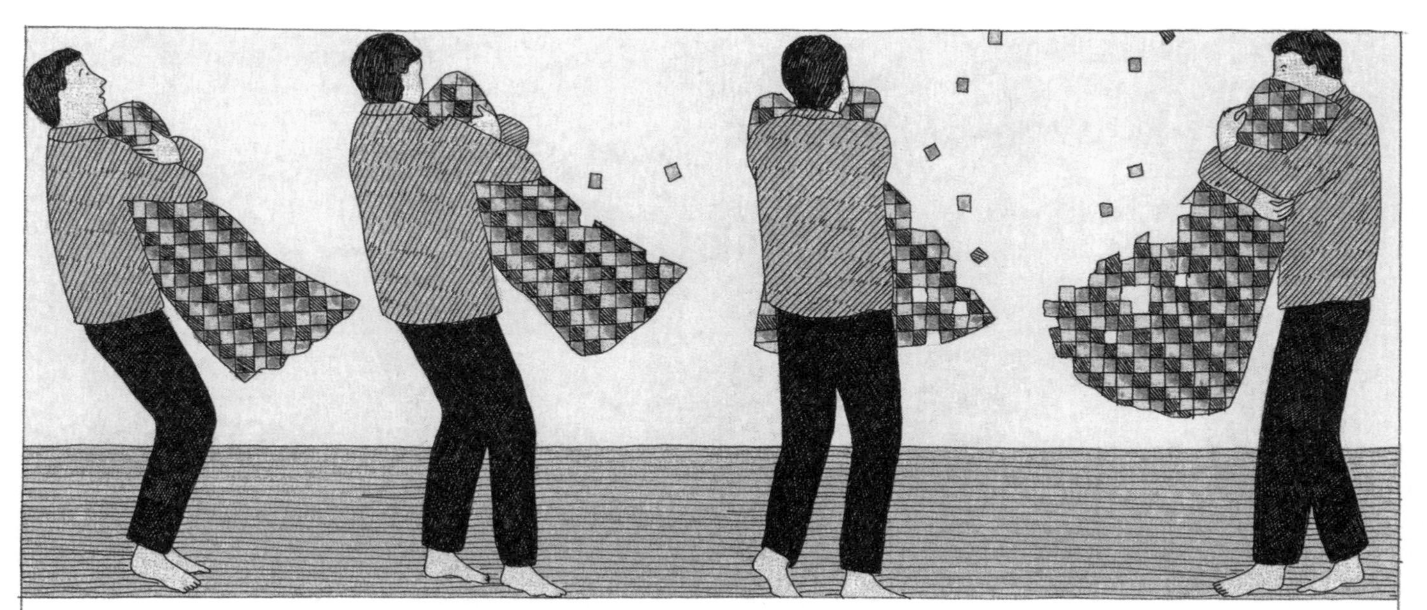

나는 돌이킬 수 없는 상황까지 왔다고 생각해. 당신을 사랑하고 싶지만 이제 사랑하지 않아.

당신은 기억할지 모르지만 우리가 처음 만났을 때 약속했잖아.

그냥 습관으로 함께 살지는 말자고, 감정이 변하는 날이 오거든 용기 내어 서로 말을 하자고.

그러니까 나는 매일 조금씩 식어가는 뜨뜻미지근한 정만으로는

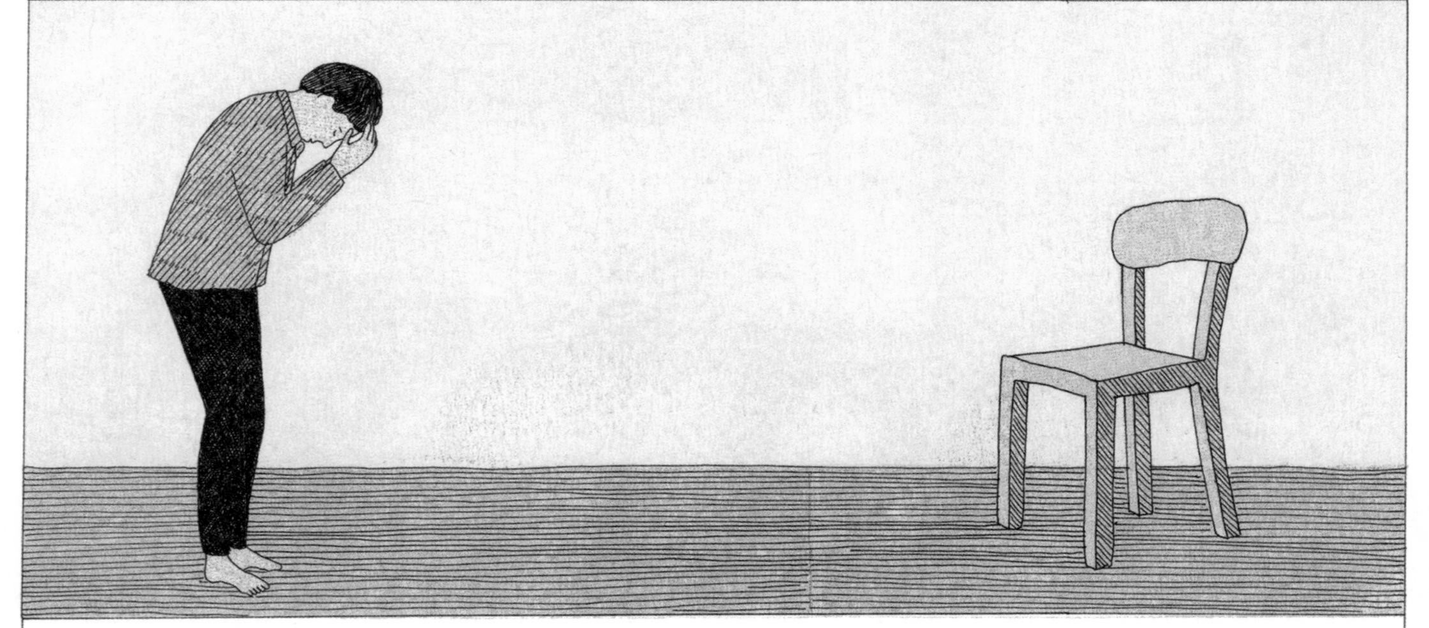
당신과 살 수 없어. 정이 든 남자와 이별하기가 고통스럽더라도

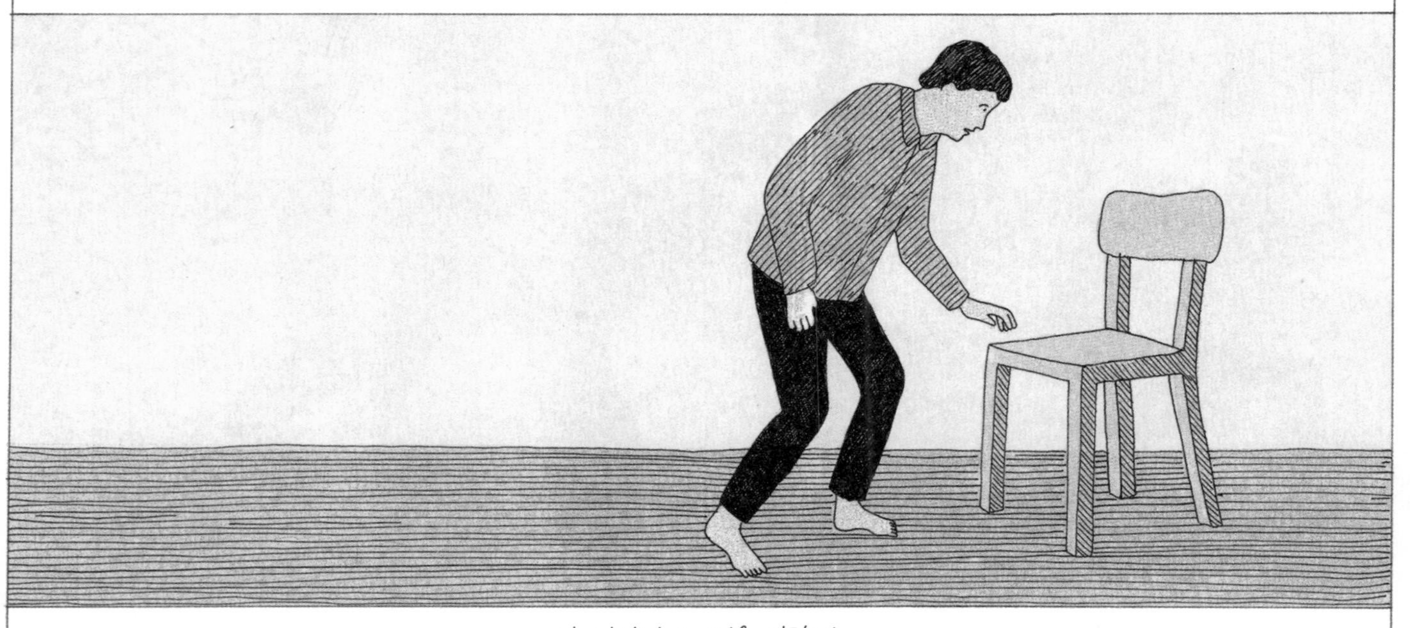
난 차라리 그 편을 택할래.

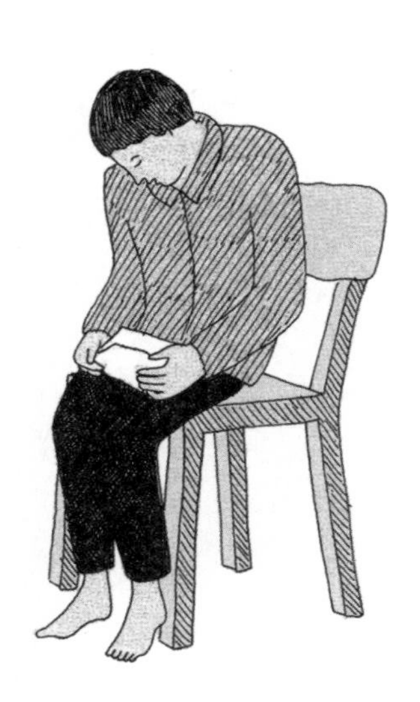

당신에게
다정한 키스를 보내며.

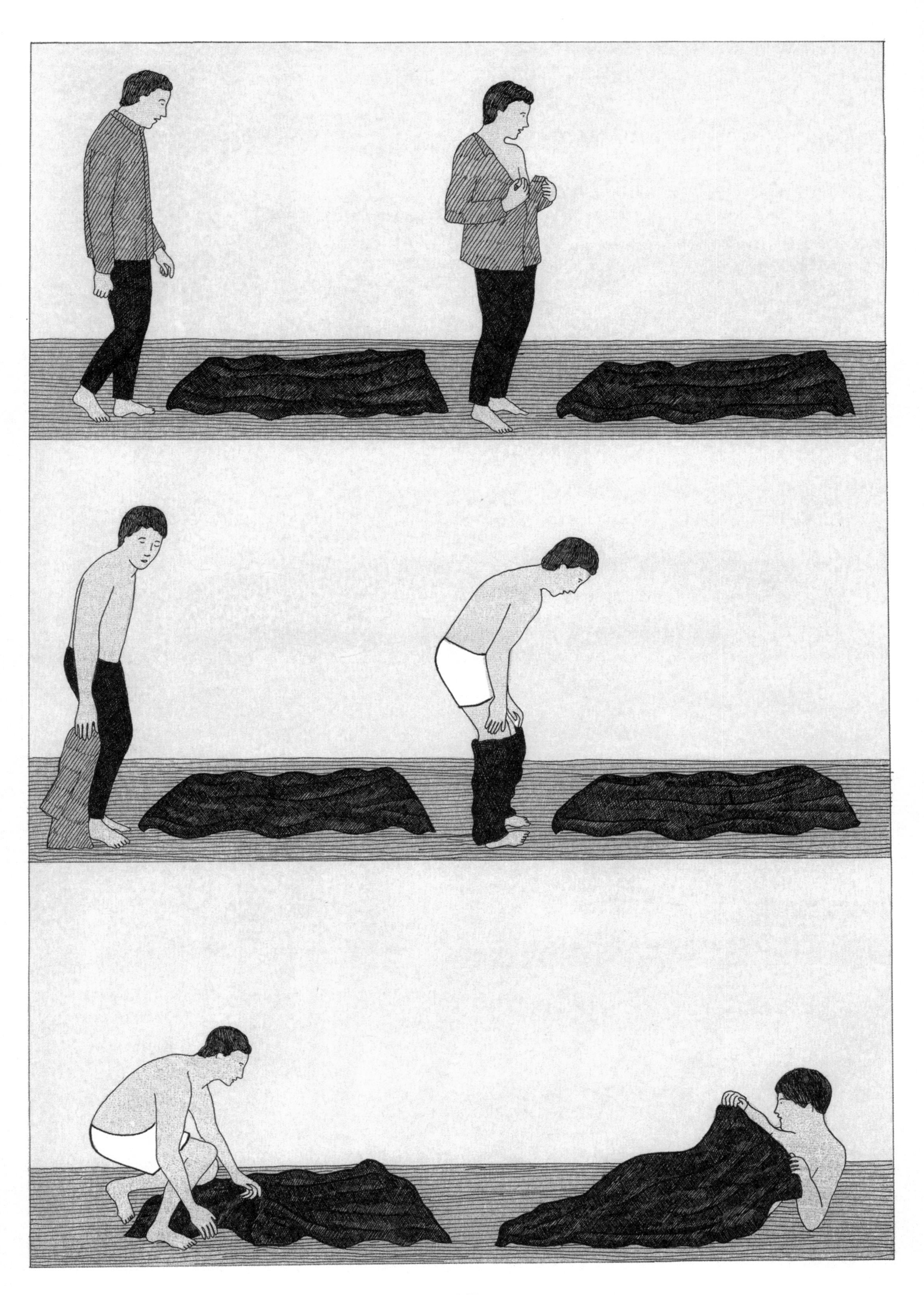

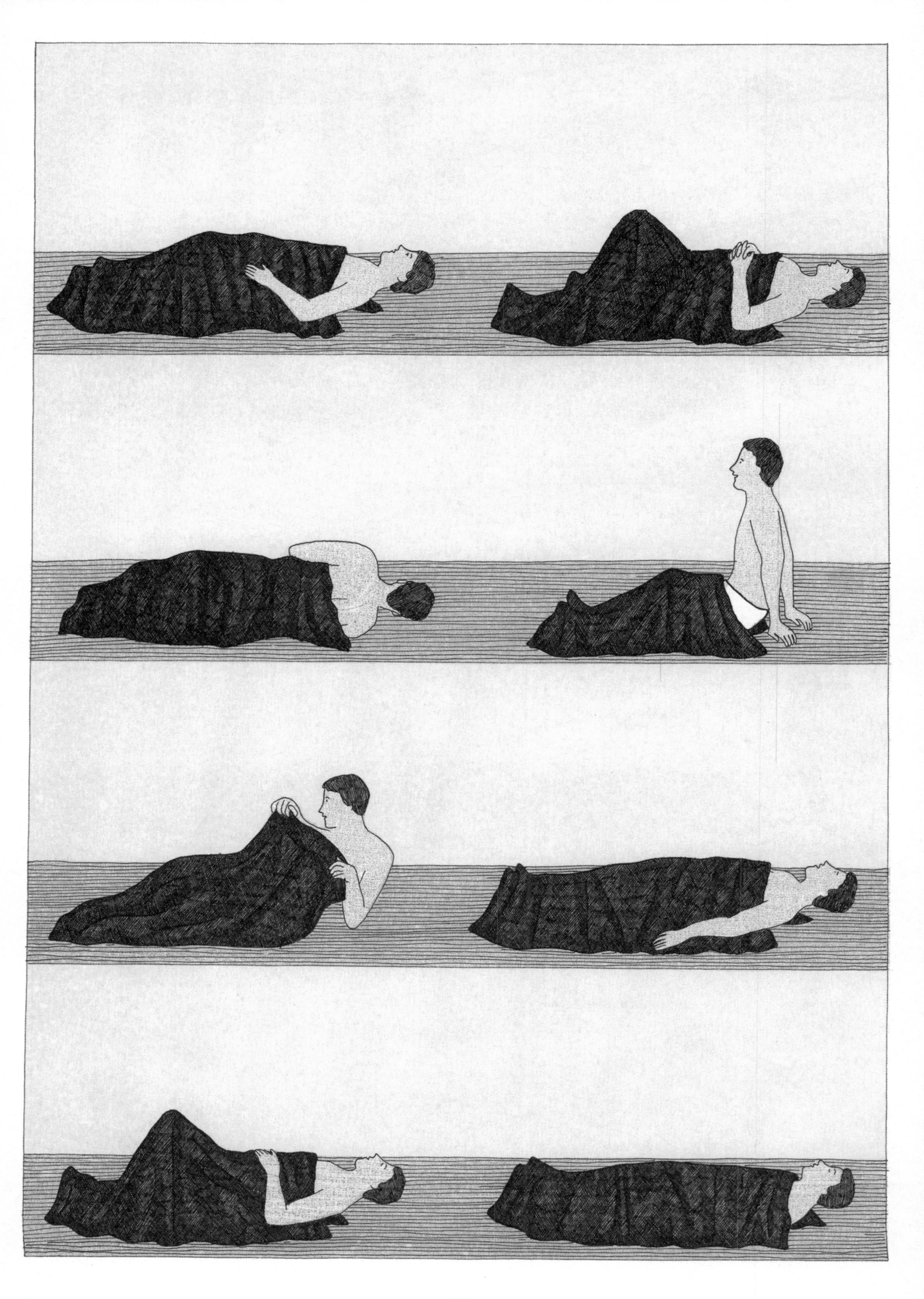

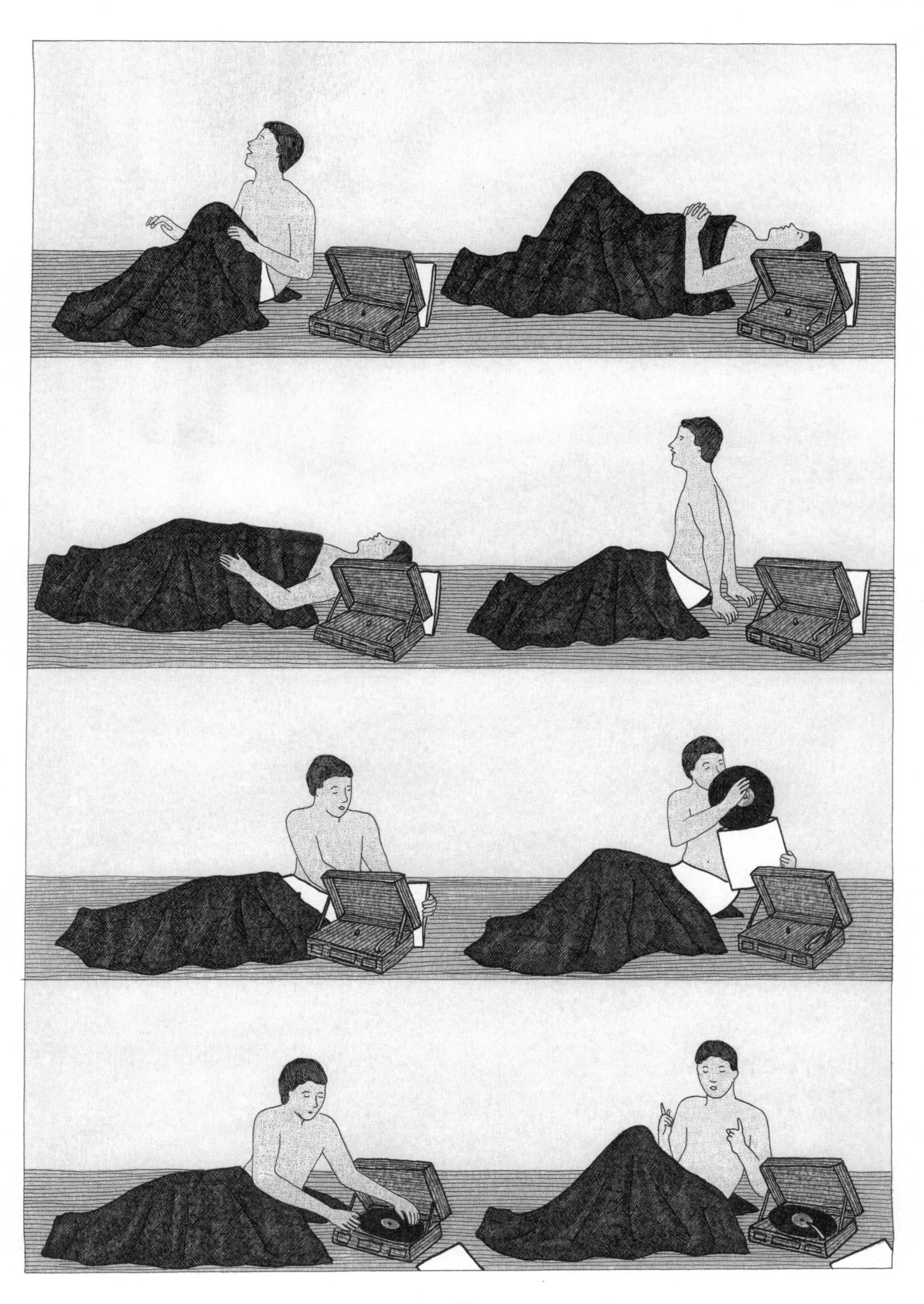

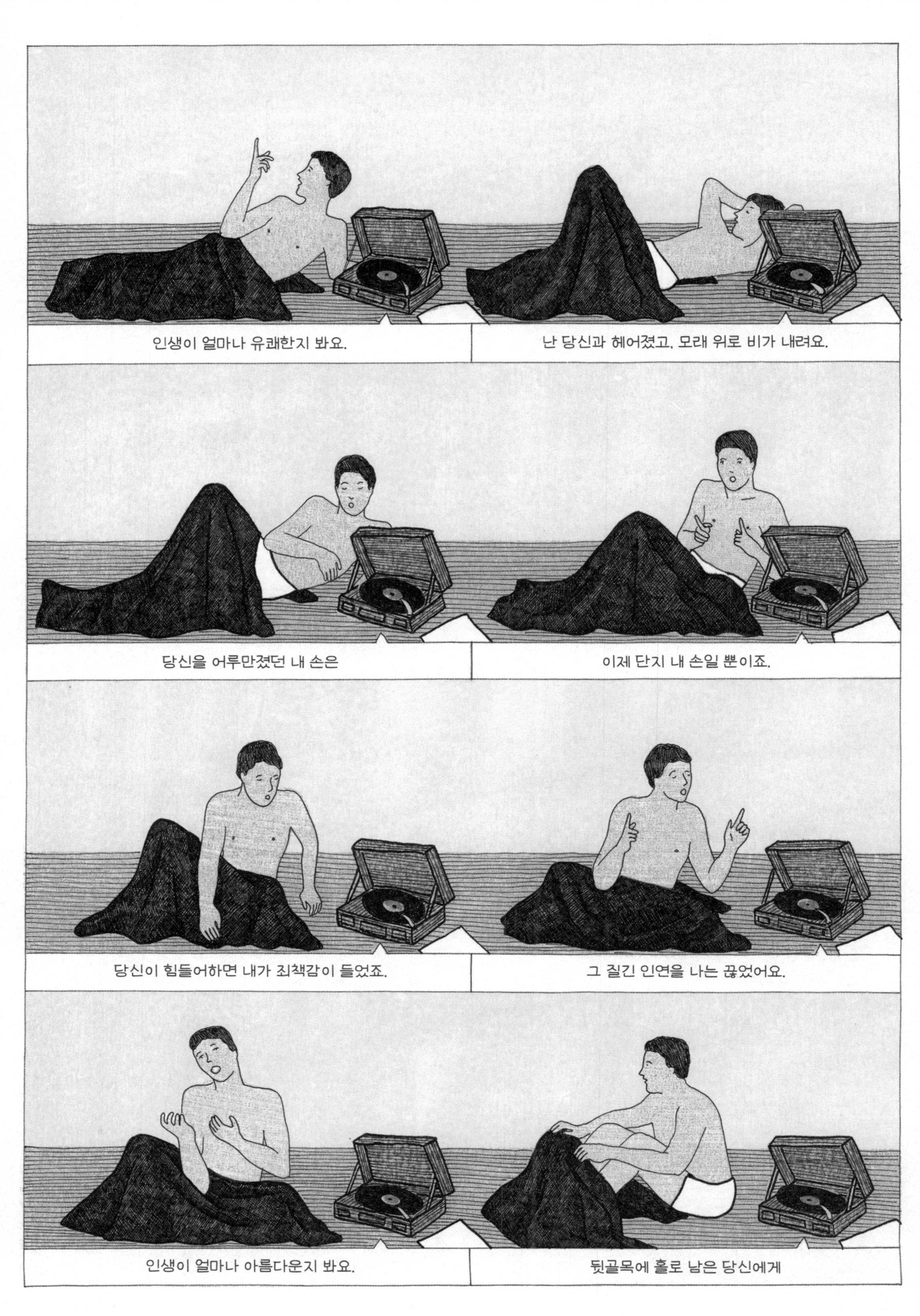
인생이 얼마나 유쾌한지 봐요.
난 당신과 헤어졌고, 모래 위로 비가 내려요.
당신을 어루만졌던 내 손은
이제 단지 내 손일 뿐이죠.
당신이 힘들어하면 내가 죄책감이 들었죠.
그 질긴 인연을 나는 끊었어요.
인생이 얼마나 아름다운지 봐요.
뒷골목에 홀로 남은 당신에게

나는 낡아빠진 추억을 돌려보내요.
시들어빠진 꽃다발을 돌려보내듯.
행여 당신이 나 때문에 사랑을 어리석다 생각한다면
나도 후회하게 될 거예요.
인생이 얼마나 경이로운지 봐요.
비는 내리고, 당신은 사랑을 잃었어요.

젊고 고운 여자들 모두가
당신을 뜨거운 몸으로 위로해주기를.
그녀들의 가벼운 연애놀음에
당신 마음이 축제처럼 들뜨기를.
인생이 얼마나 눈부신지 봐요.
나는 당신을 뭇 여자들에게 맡기고 떠나요.

IV

당신들은 눈부시게 아름다워요!

당신들을 만나서 차례차례
사랑했어요.
어쩌면 이 사람에 대한
답을 구하듯 저 사람을
사랑했는지도 모르죠.
오늘은 당신들을 한꺼번에
깨우려고 왔습니다.

위로가 절실해요.
내 품 안이 너무 허전해서
살 수가 없네요.
자, 어서 내게로 와요.

시간이 흘렀어요.
정말로 우리 감정이

영원토록 그대로일 거라고,

그, 대, 로, 일 거라고 생 각 했 나 요 ?

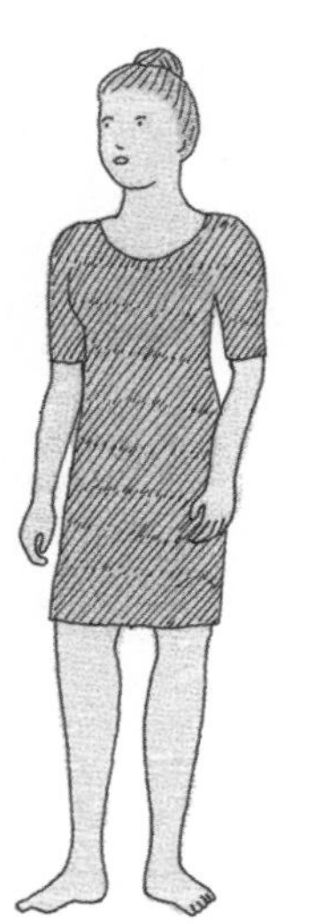

당신의 얼굴

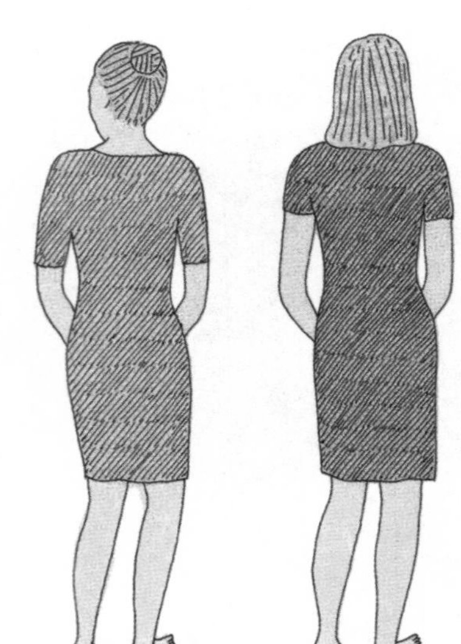

당신만의 특징

이제 떠올릴 수 없어요.
다 잊었다고요.

정말로 우리가
연인이었다고 확신해요?

시간이 흘렀어요.
정말로 우리 감정이
영원토록
그대로일 거라고,
그, 대, 로, 일 거라고
생 각 했 나 요 ?

나는 사랑을 찾았어요.
아주 좋은 남자예요.

그이가 어느 멋진 날
내 손을 잡아주었지요.
당신에게 보여준 적 있잖아요.

그이의 사진을.
기억나요?
당신은 미친 듯이 화를 냈지요.

시간이 흘렀어요.
정말로 우리 감정이
영원토록
그대로일 거라고,
그, 대, 로, 일 거라고
생 각 했 나 요 ?

지금도 당신이 원망스러워요.
그 여름날 저녁에
이용만 당한 것 같아
마음이 쓰라렸어요.
나는 양심이 깊어서
당신이 내 약점을
능숙한 배우처럼
가지고 놀게끔
내버려둘 수가 없네요.

그저 나를 위해
시늉만이라도 하면 안 됩니까?

우리의 시詩 같은 감정을
전부 다 속으로 간직하고 있었던 척,

세월에도 스러지지 않은 감정에
동요하는 척이라도 하면 안 됩니까?

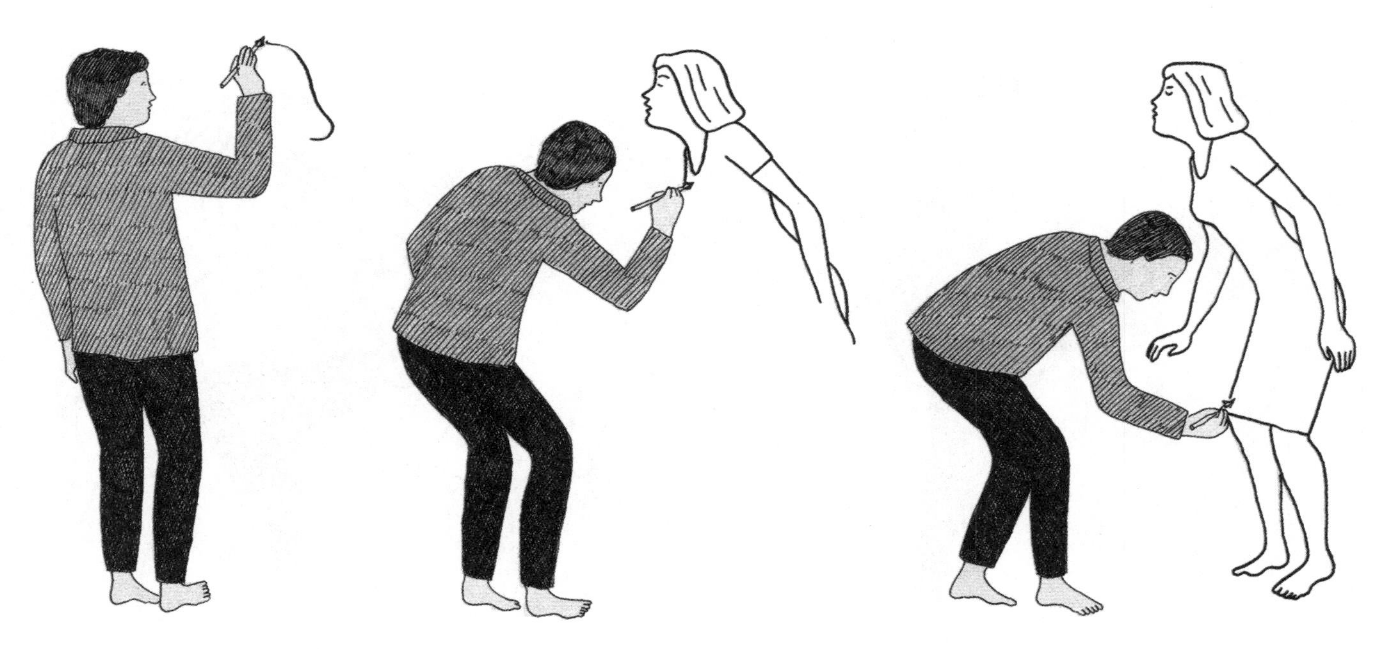

잠깐이라도 지금 이 순간을

되감고 싶다고 생각한 적 없나요?

지나가 버린 우리 사랑을

돌아오게 하고 싶었던 적 없나요?

와요, 우리는 포옹해야 해요.

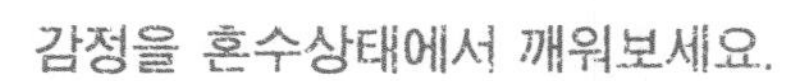
감정을 혼수상태에서 깨워보세요.

모든 것이 스러지고 죽을지언정

이것만은 죽지 않는다고 생각하세요.

우리는 그런 척 못 해요.
거짓 감정을 연기할 줄 모른다고요.

간절히 바라도 소용없어요.
시계는 그때 멈춰버렸으니까.

우리의 사랑은 어떻게 된 거죠?

보류했을 뿐이라고 생각했는데,

고정되고, 꺼지고, 겉으로 드러나지 않을지언정

여전히 살아 있는 사랑인 줄 알았는데.

우리의 사연은 어떻게 된 거죠?

나는 이제 진실을 원치 않아요.

거짓말을 해주세요.
안심시키고 위로하는 말을.

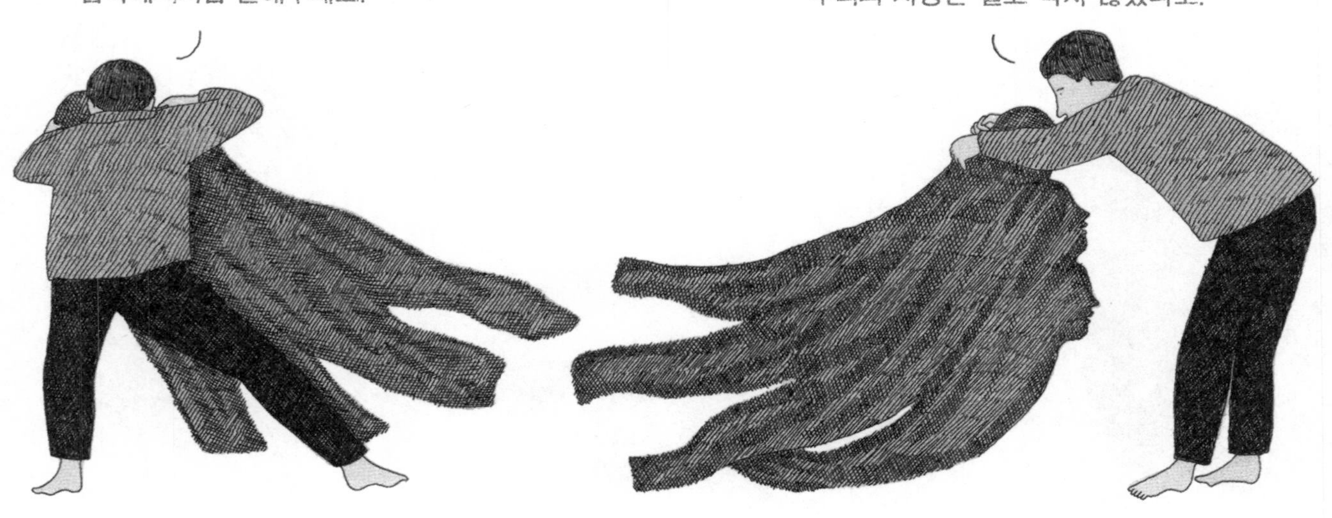
꿈속에서처럼 말해주세요.
우리의 사랑은 결코 죽지 않았다고.

바닥에서 아주 먼 나뭇가지에는

여전히 새순이 돋아난다고.

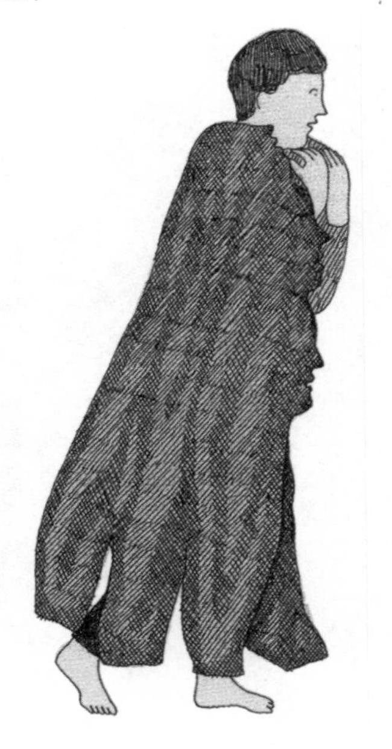

내가 그토록 소중하게
간직했던 조각상들은 사실 연애의
화석들에 지나지
않았던 것이다.
알맹이는 빠져나가고
속이 텅 빈 채 버려진
허물들.
그런데도 나는
그 허물들을 남기고 간 감정이
여전히 아름다울 수 있을
거라 믿었다.

V

제발 떠나지 마요,
이렇게 애원하잖아요!
내가 제안을 하나 할게요.
내 연극 무대에 서주십시오. 당신들에게
딱 맞는 역할이 세 개 있거든요.

하지만 난 배우가 아니에요.
연기를 그만둔 지 너무 오래됐어요. 단역만 전전하기도 지겨웠거든요.
무엇에 대한 연극인데요?
이제 곧 세상을 떠날 한 남자의 이야기.
남자는 살아오는 동안 사랑했던 세 여자를 그곳에 부르기로 결심하지요.
그 여자들이 와요?
네, 옵니다. 모두들 그에게 작별 인사를 하고 싶어해요.
아, 당신이 만든 이야기, 너무 슬퍼요!

슬프지만 아름답잖아요?
어때요? 할래요?
못 할 거야 없죠.
재미있겠는데요.
잘할 수 있을지는 모르겠지만 해볼게요.
좋았어요!
당장 내일 아침부터 연습에 들어갑시다!

죽어가는 남자는 이쪽 침대에 누워 있을 겁니다. 여러분은 한 명씩 차례로 등장해 그를 둘러싸지요.
여러분이 한 폭의 그림을 이루는 느낌을 주어야 해요. 관객들이 여러분 얼굴을 동시에 볼 수 있어야 하고.
여러분은 한자리에 있는 것을 불편해하는 기색이 없습니다.
자, 각자 자기 위치를 잡아보세요.
생각해두세요. 고개를 어떻게 들 건지? 손으로는 어떤 말을 할지?
네, 좋아요. 되는 대로 하지 말고 다 생각을 해두세요.

웃지 마요! 뭐가 웃겨요!
여러분은 한때 사랑했던 남자가
죽어가는 모습을 보러 여기 온 겁니다!
심란해하는 모습을 보여야지요. 자, 집중!
이 이야기에 좀 더 몰입하세요!
하지만요, 이제 사랑하지도 않는 남자가
죽어간다고 해서 보러 갈 일은 없을걸요!
여러분이 자기에게 중요했던 남자를
쉽게 잊었다는 이유로
내 연극을 망쳐서는 안 되는 거잖아요.
극에 집중하고 좀 더 의미심장하게
대사를 해주세요.

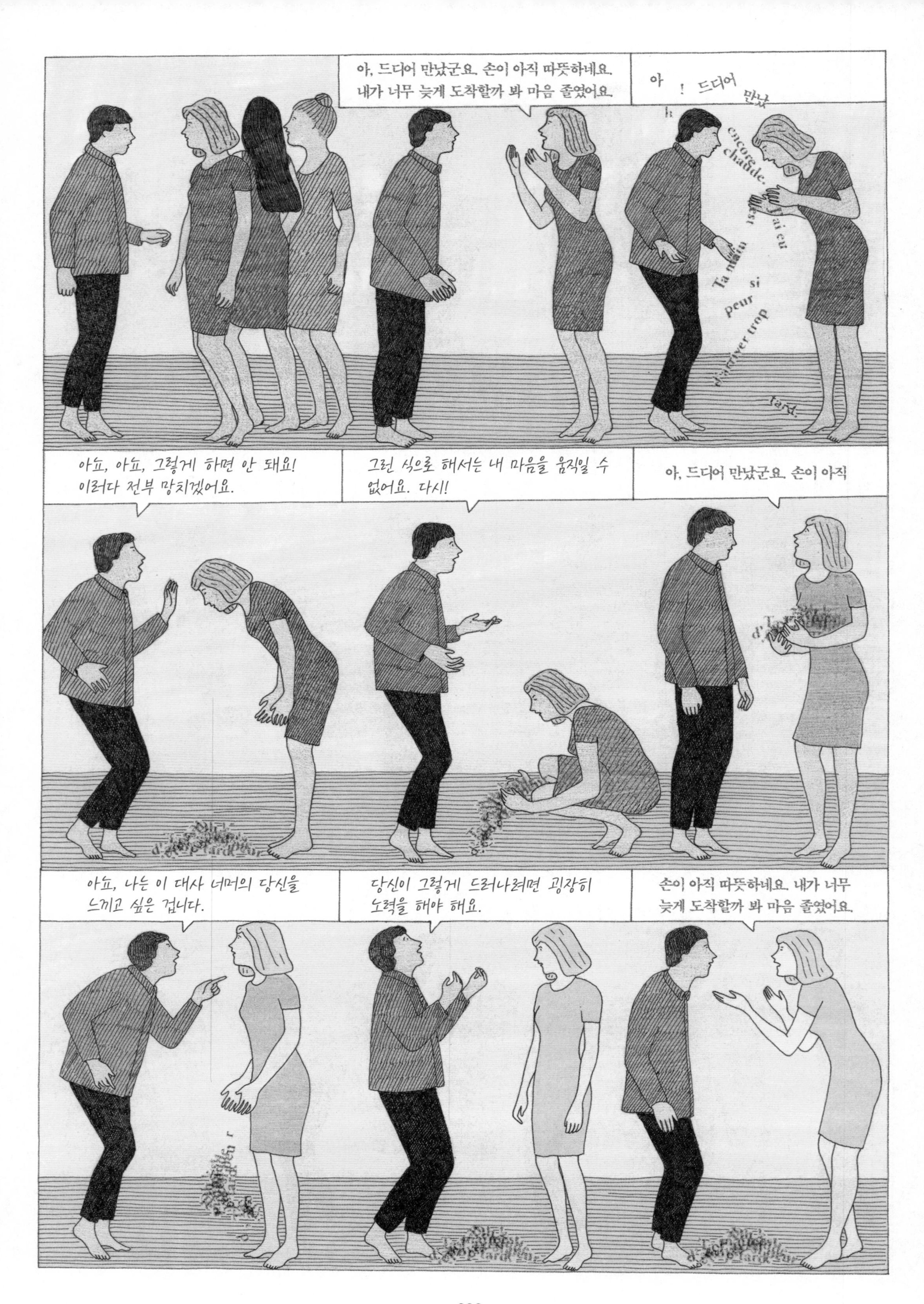

아, 드디어 만났군요. 손이 아직 따뜻하네요.
내가 너무 늦게 도착할까 봐 마음 졸였어요.
아 ! 드디어 만났
encore chaude.
J'ai eu
si
peur
d'arriver trop
tard.
아뇨, 아뇨, 그렇게 하면 안 돼요!
이러다 전부 망치겠어요.
그런 식으로 해서는 내 마음을 움직일 수
없어요. 다시!
아, 드디어 만났군요. 손이 아직
아뇨, 나는 이 대사 너머의 당신을
느끼고 싶은 겁니다.
당신이 그렇게 드러나려면 굉장히
노력을 해야 해요.
손이 아직 따뜻하네요. 내가 너무
늦게 도착할까 봐 마음 졸였어요.

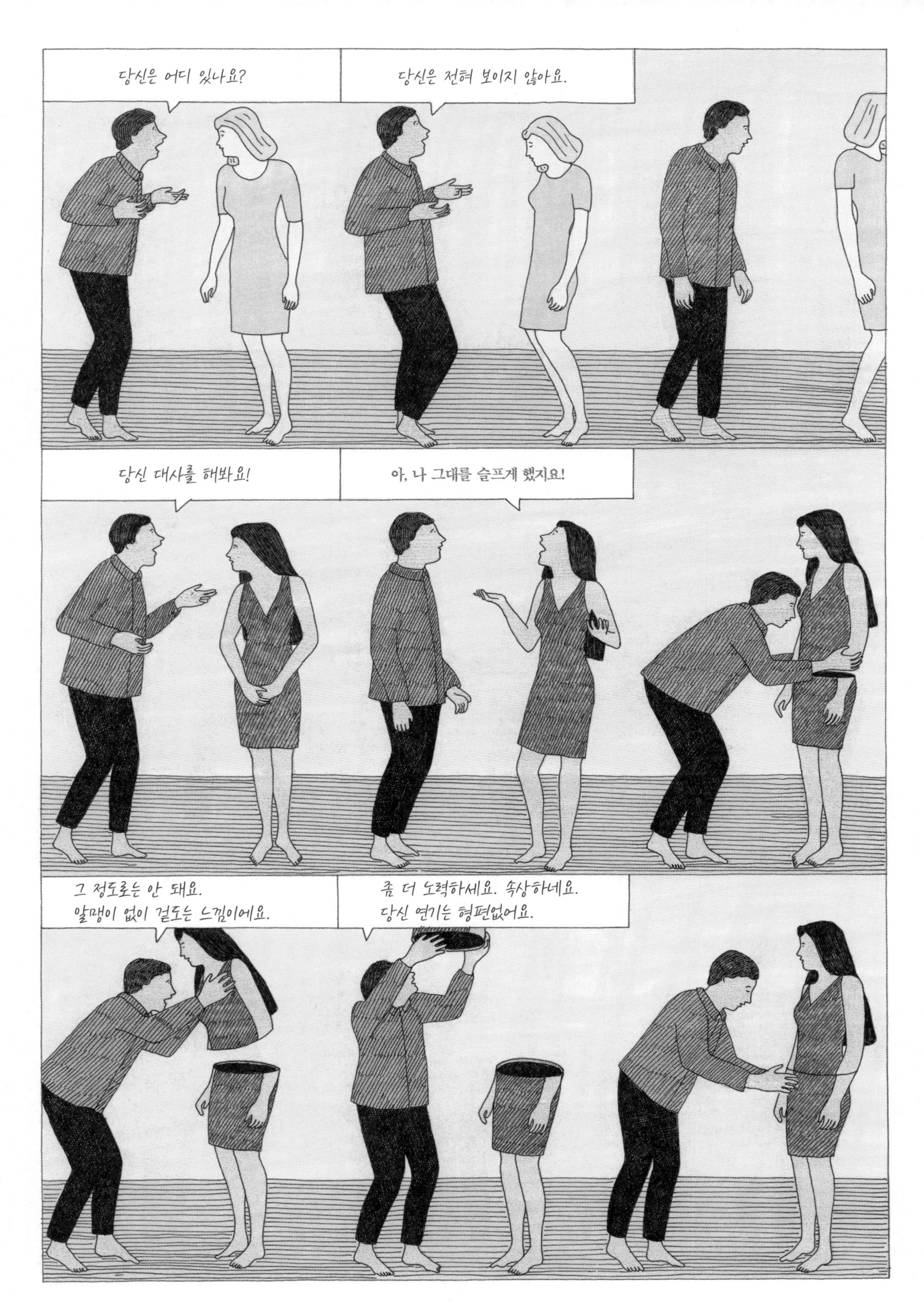
당신은 어디 있나요?
당신은 전혀 보이지 않아요.
당신 대사를 해봐요!
아, 나 그대를 슬프게 했지요!
그 정도로는 안 돼요.
알맹이 없이 걸도는 느낌이에요.
좀 더 노력하세요. 속상하네요.
당신 연기는 형편없어요.

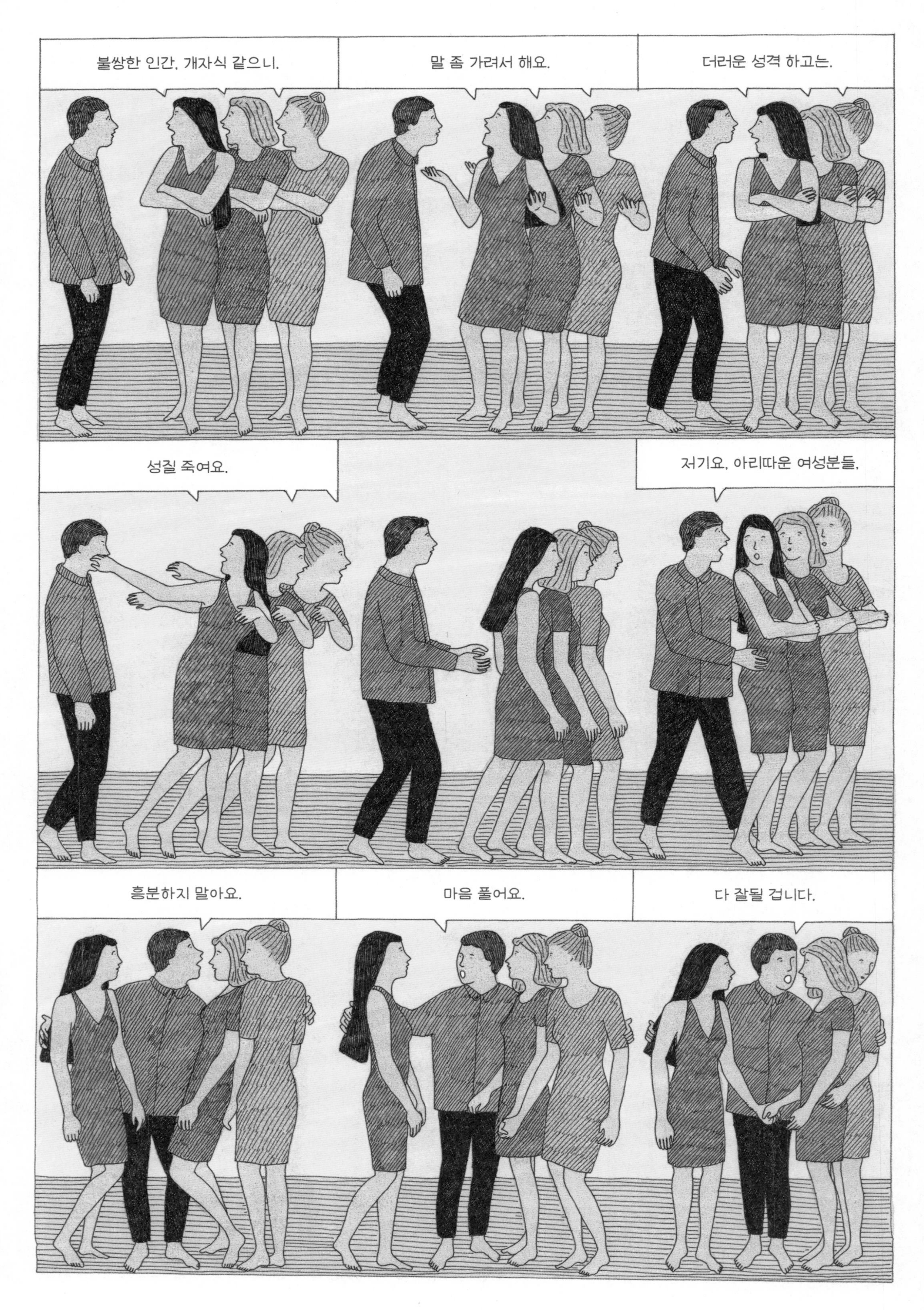
불쌍한 인간, 개자식 같으니.
말 좀 가려서 해요.
더러운 성격 하고는.
성질 죽여요.
저기요, 아리따운 여성분들.
흥분하지 말아요.
마음 풀어요.
다 잘될 겁니다.

가엾은 양반, 바보처럼 굴지 마요.
우리를 깎아내려서 좋을 게 있나요?
당신이 그렇게 잘났으면
당신이 연기하면 되잖아요?
세 역할 다 당신이 해요.
이제 우린 갑니다.

부디 나에게 맡겨주세요.
당신들의 수줍음을.
당신들의 옷을 벗기도록 해주세요.
한시 바삐 보여주고 싶어요.
나의 모든 관객들에게.

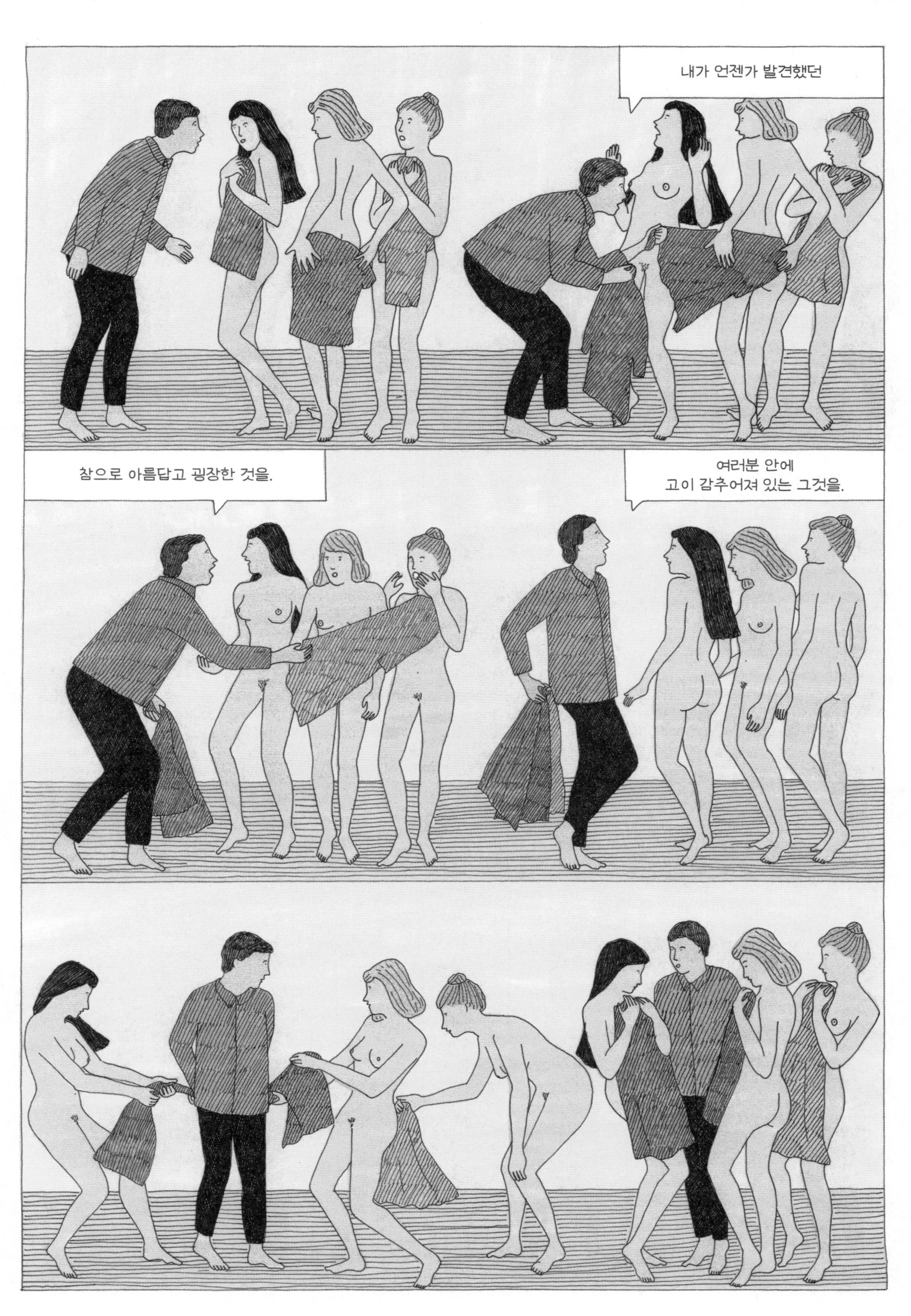
내가 언젠가 발견했던
참으로 아름답고 굉장한 것을.
여러분 안에
고이 감추어져 있는 그것을.

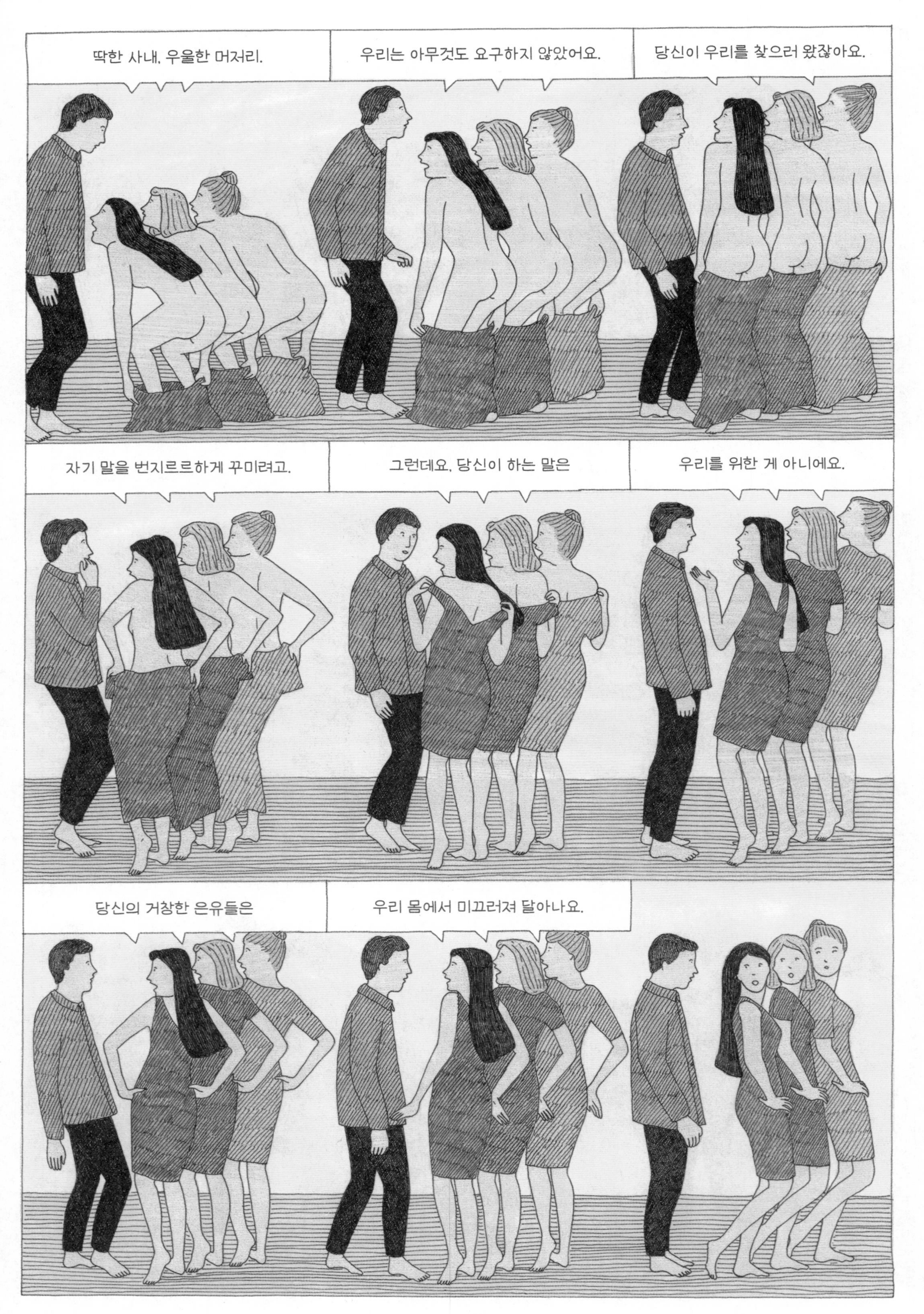
딱한 사내, 우울한 머저리.
우리는 아무것도 요구하지 않았어요.
당신이 우리를 찾으러 왔잖아요.
자기 말을 번지르르하게 꾸미려고.
그런데요, 당신이 하는 말은
우리를 위한 게 아니에요.
당신의 거창한 은유들은
우리 몸에서 미끄러져 달아나요.

그래도요, 나의 귀여운 여인들,
흥분하지 말아요.
당신들의 마음이 풀리면
모든 게 진정될 거예요.
안 돼요, 안 돼요, 가지 말아요.
저기요, 내가 잘못했어요.

날 믿어줘요, 내가 잘 이끌어볼게요.
제발요, 내 말을 들어봐요.
아무 의도 없이
대사를 낭독해주면 좋겠어요.
뭘 통제하려는 생각 없이,
헤매도 좋다는 마음으로요.
그러고 나면 여러분도 좀 나아질 거예요.

대성당의 그림자 아래서 우리네 삶이
선로가 잘못 변경된 열차들처럼
충돌했던 그날 밤처럼요.
우리의 입술이 예기치 않게 섞이고
우리네 놀란 영혼은
서로를 흘끗 바라보았지요….
네, 그겁니다, 좋아요.
왠지 믿음이 가요.
정말이에요, 감동했어요.
이분이 대사를 할 때
정말 아름답다고 느꼈어요.
하지만 현실에서 이렇게 말하는 사람은
없어요. 속으로 생각은 해도…

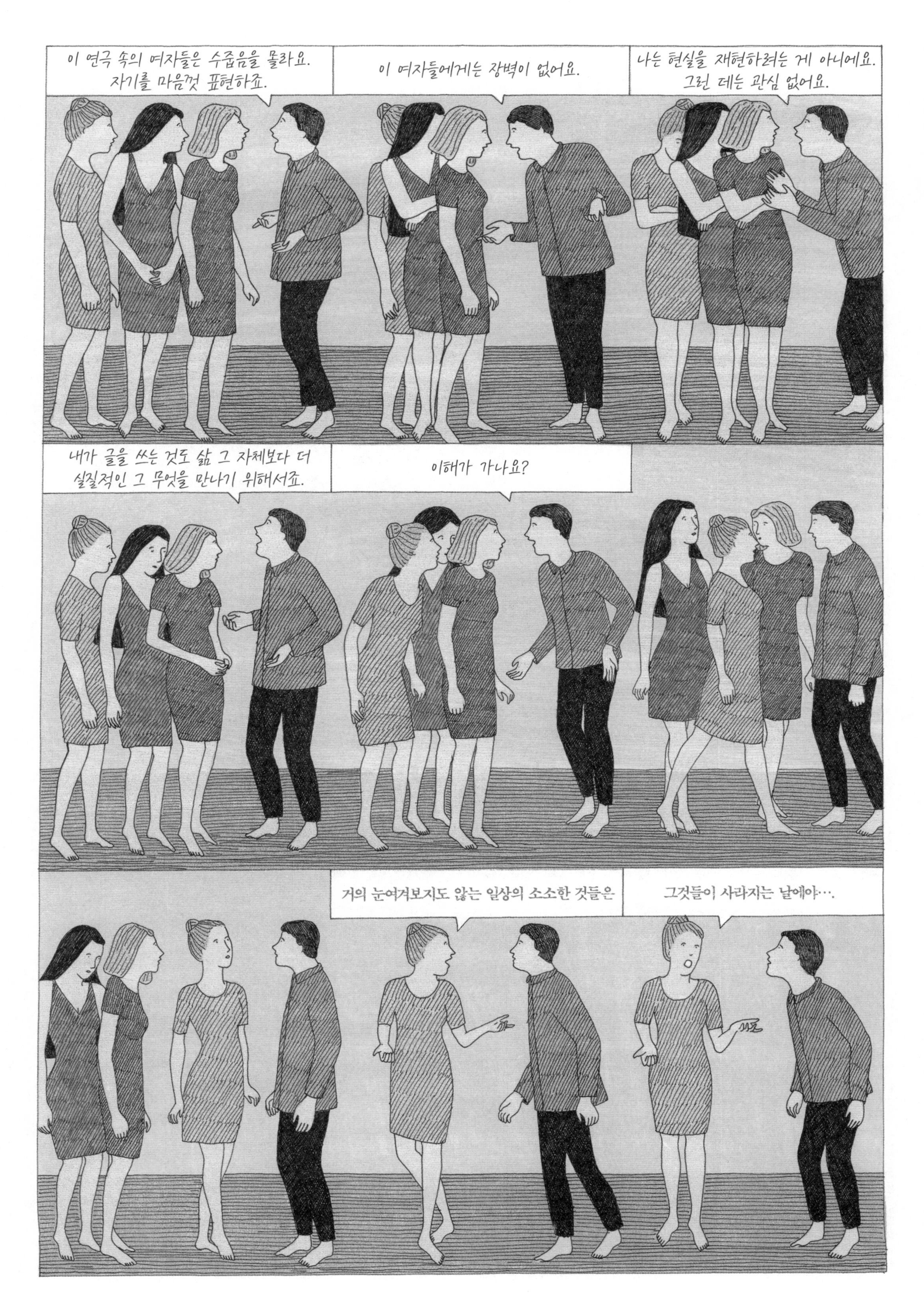
이 연극 속의 여자들은 수줍음을 몰라요.
자기를 마음껏 표현하죠.
이 여자들에게는 장벽이 없어요.
나는 현실을 재현하려는 게 아니에요.
그런 데는 관심 없어요.
내가 글을 쓰는 것도 삶 그 자체보다 더
실질적인 그 무엇을 만나기 위해서죠.
이해가 가나요?
거의 눈여겨보지도 않는 일상의 소소한 것들은
그것들이 사라지는 날에야….

아뇨, 이건 아니에요.
난 못하겠어요.

자신을 너무 엄격하게 대하지 말아요.
지금도 아까보다는 훨씬 좋아요.

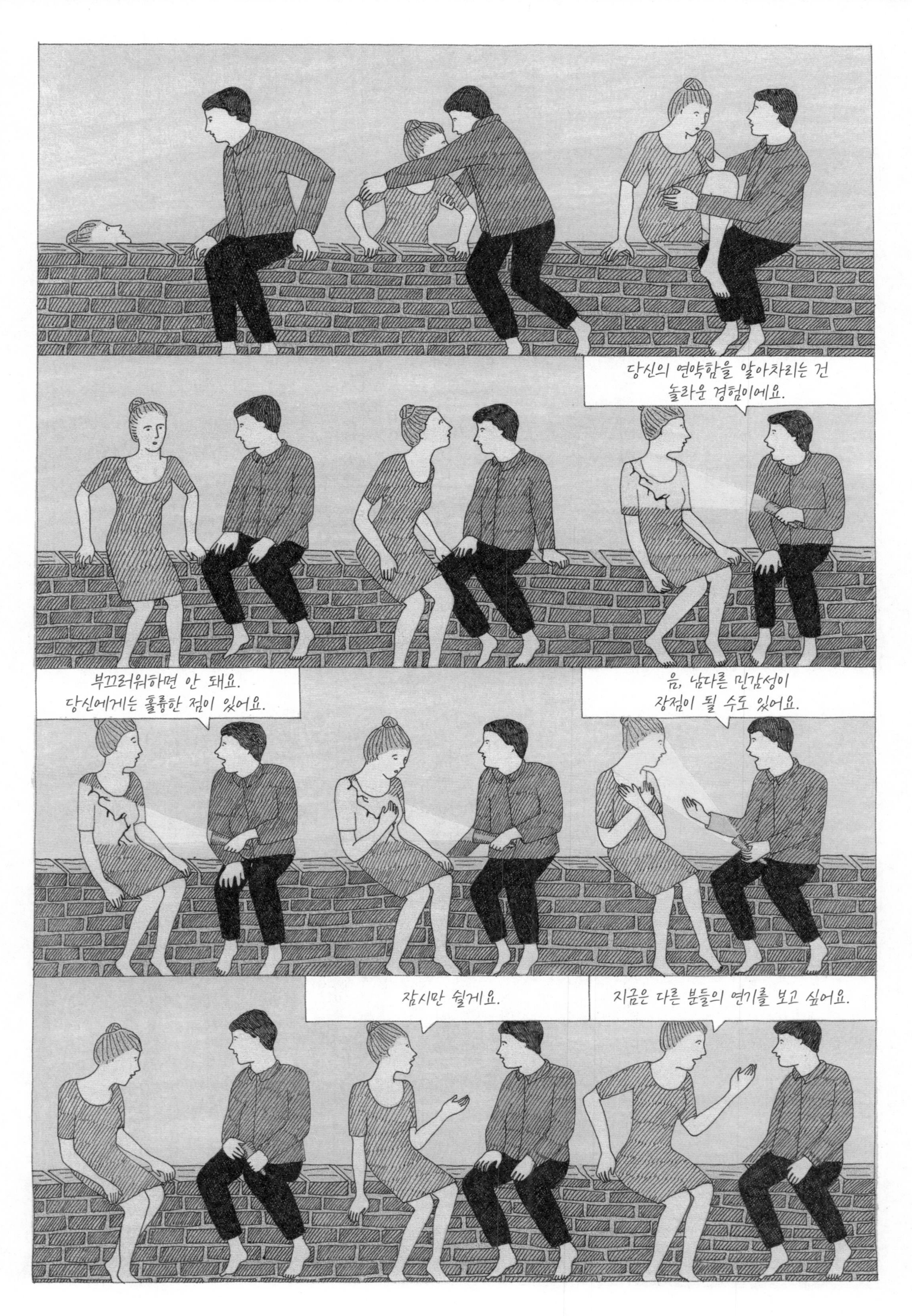
당신의 연약함을 알아차리는 건
놀라운 경험이에요.
부끄러워하면 안 돼요.
당신에게는 훌륭한 점이 있어요.
음, 남다른 민감성이
장점이 될 수도 있어요.
잠시만 쉴게요.
지금은 다른 분들의 연기를 보고 싶어요.

좋은 생각이에요.

당신에게 끼친 고통을 용서해달라고
말할 틈도 없었네요.
내 목소리 들리나요?
네, 네, 좋습니다.
눈을 떠요. 나를 봐요.
당신에게 용서를 구하고 싶어요.
구하고 싶어요, 그 부분 좋아요.
나도 당신을 용서하고 싶어지네요.

나는 이제
그녀들의 돌연한 무관심이
원망스럽지 않다.
그녀들이 대사를 치는 모습을 보면서
사실은 그녀들이 그 무엇도
잊지 않았음을
알았기
때문이다.
거의 눈여겨보지도 않는 일상의 소소한 것들은
그것들이 사라지는 날에야 비로소
잠시 시선을 끌지요.
갑자기 한기를 느끼고서야 그동안
얼마나 따뜻했는지 깨닫는 거예요.
네, 아주 좋습니다.

괜찮아요?
놀랄 만큼 마음에 와 닿았어요.
당신의 대사는 정말 심오해요.
그녀들의 대사는 내가 쓴 것이지만
그런 건 아무래도 상관없다.
그녀들이 대사를 직접 쓴다 해도
저렇게 하지 않을까
싶을 만큼 잘
어울렸으니까.
당신들, 적당한 말을 찾는 재주가 있네요.
그런 말이 마음 깊이 울림을 낳지요.
오늘은 여기까지만 하죠.

자, 이제 준비가 된 것 같아요.
여러분 덕분에 내가 만들어낸 여인들이
생명을 얻었네요.

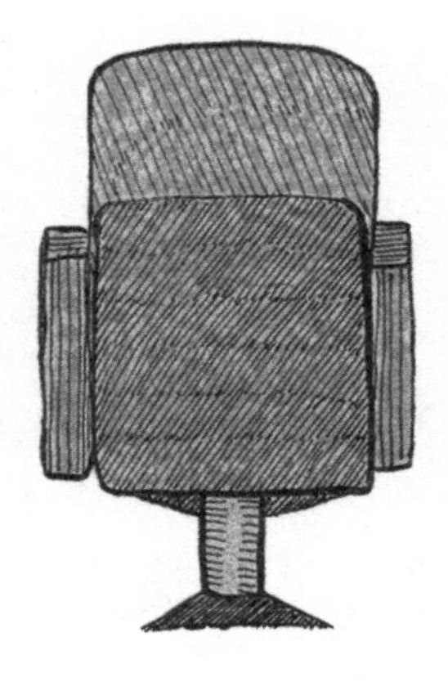

VI

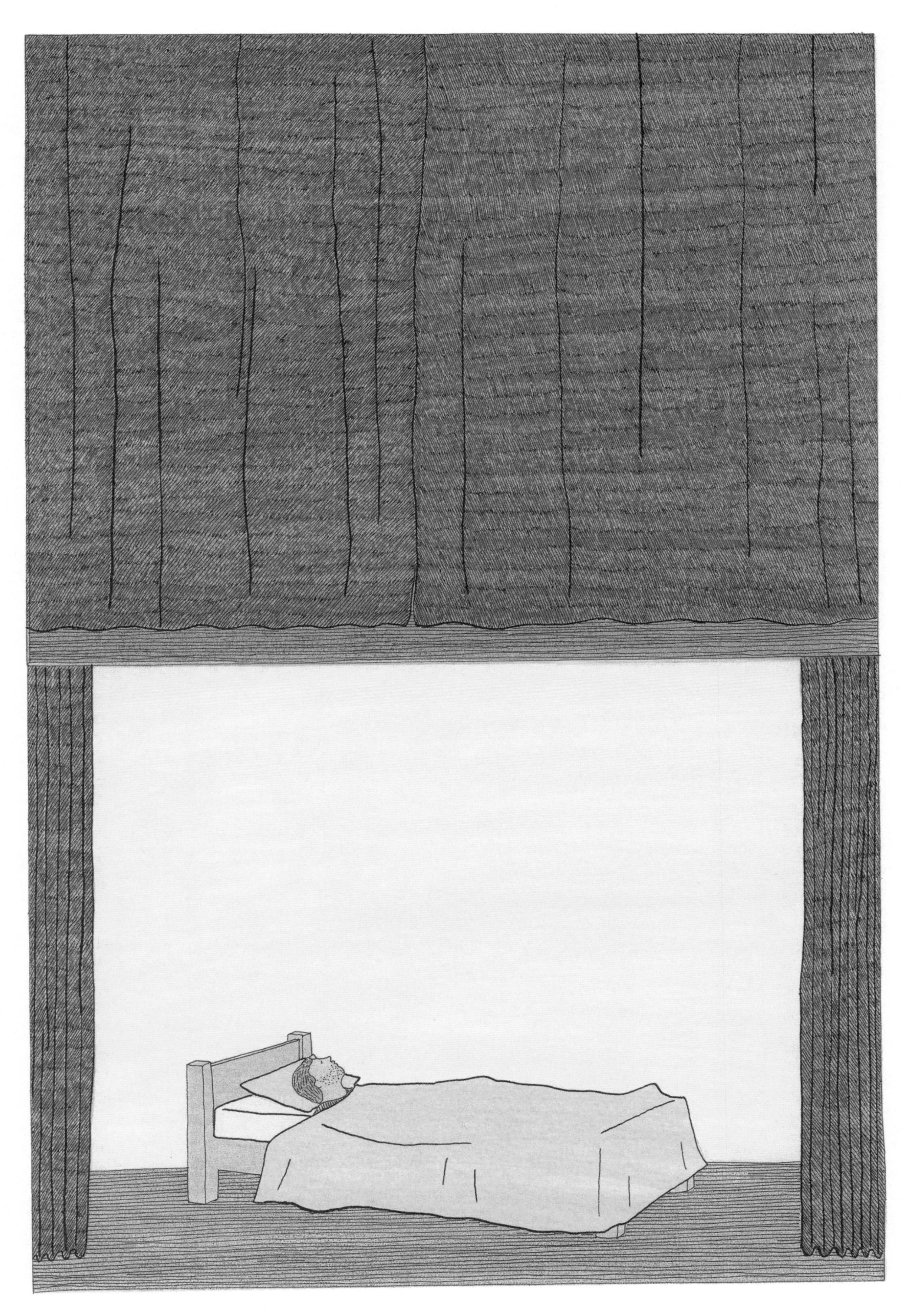

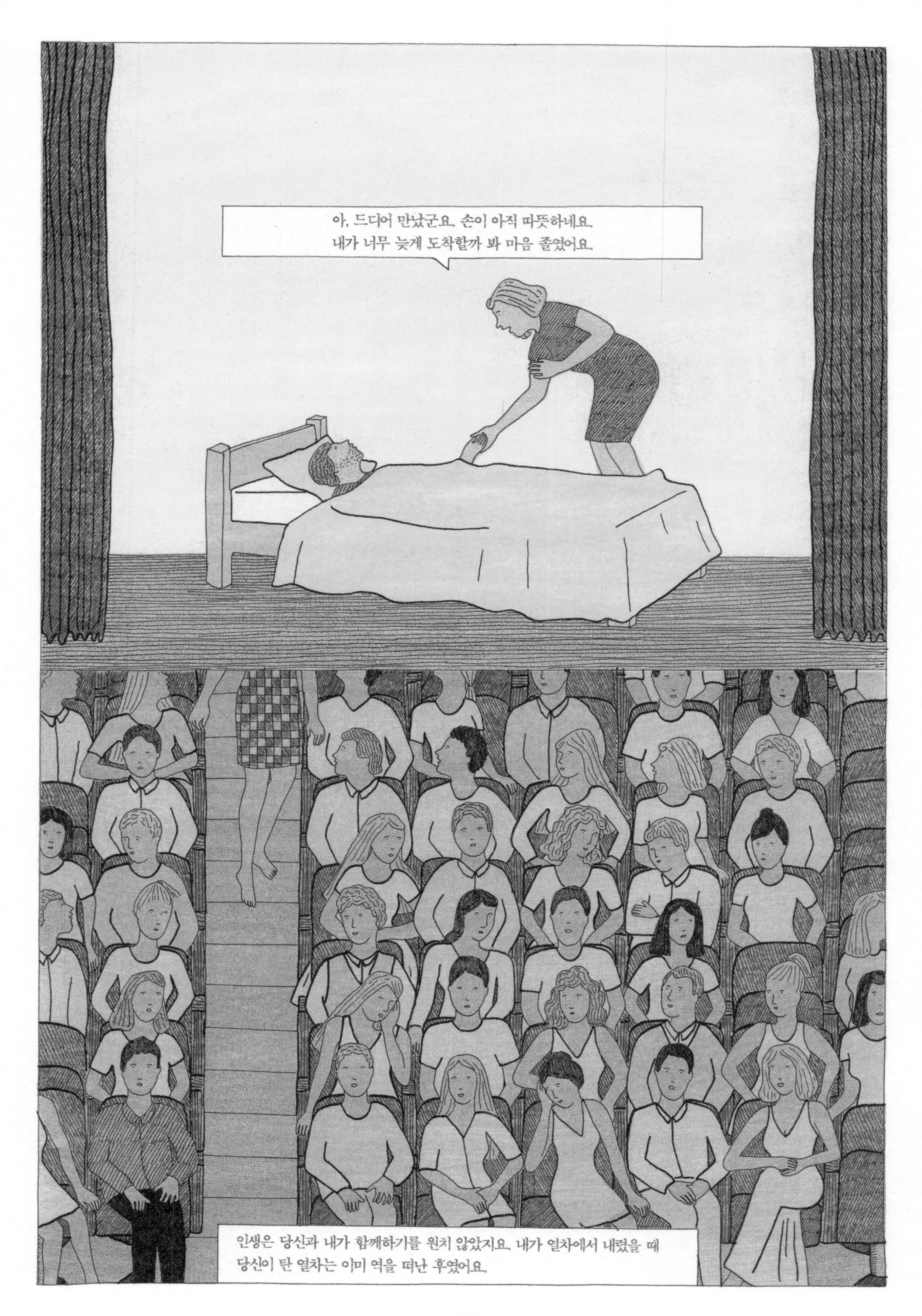
아, 드디어 만났군요. 손이 아직 따뜻하네요.
내가 너무 늦게 도착할까 봐 마음 졸였어요.
인생은 당신과 내가 함께하기를 원치 않았지요. 내가 열차에서 내렸을 때
당신이 탄 열차는 이미 역을 떠난 후였어요.

우리는 가끔 플랫폼에서 스쳐 지나갔어요. 몇 분 동안,
몇 시간 동안. 연애와 연애 사이에서, 슬픔과 슬픔 사이에서.
아, 나 그대를 슬프게 했지요!

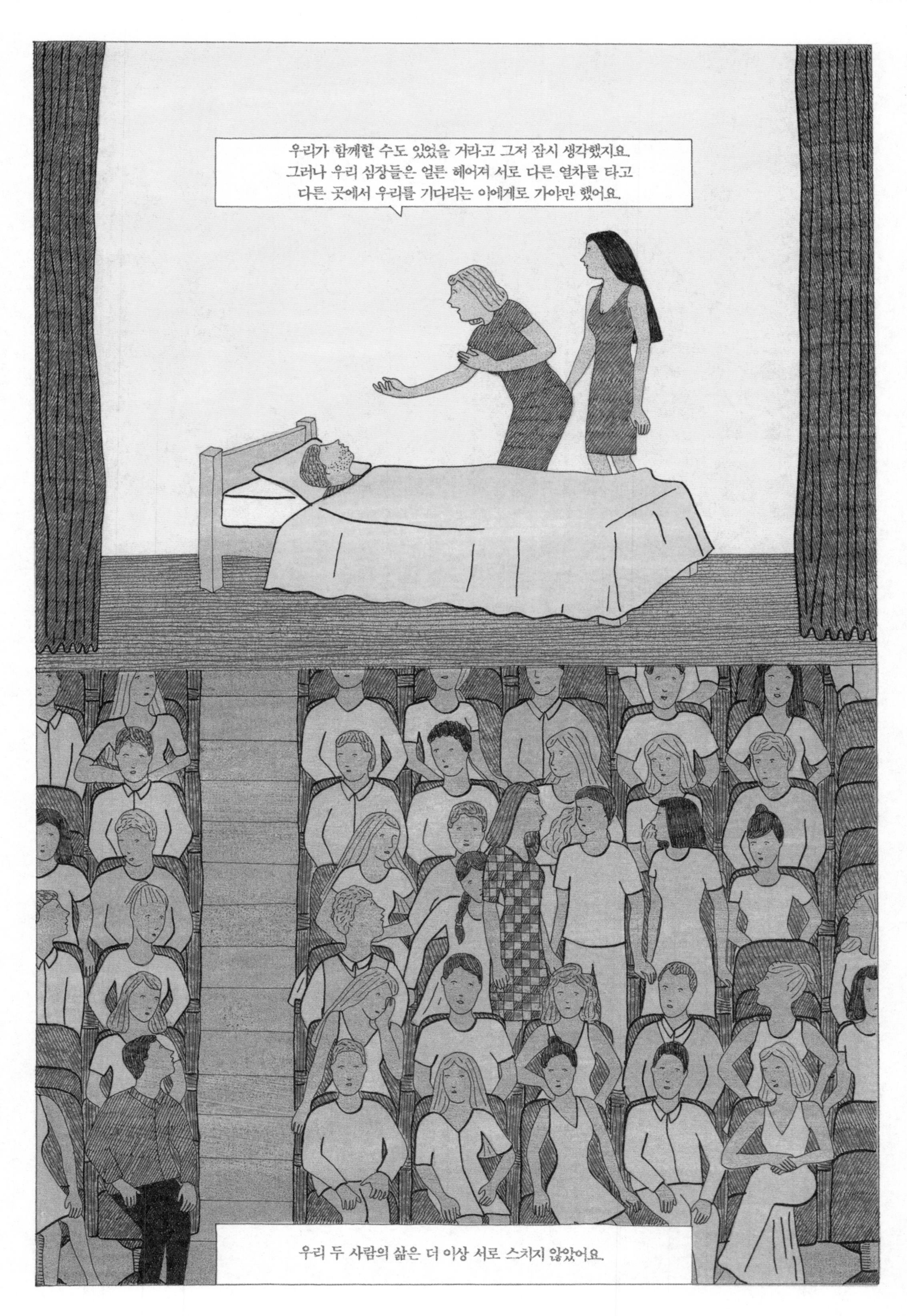
우리가 함께할 수도 있었을 거라고 그저 잠시 생각했지요.
그러나 우리 심장들은 얼른 헤어져 서로 다른 열차를 타고
다른 곳에서 우리를 기다리는 이에게로 가야만 했어요.
우리 두 사람의 삶은 더 이상 서로 스치지 않았어요.

자, 나 왔어요. 이 마지막 만남을 놓칠 순 없었거든요.
우리의 첫 만남을 영원히 기억할 거예요.

그때도 나는 서툰 남자들에게 약했답니다. 말을 곱게 할 줄 모르고,
팔을 어떻게 가누어야 하는지 모르고, 침묵이 어색하다는 이유로
너무 크게 웃는 남자들 말이에요.
"입 다물어! 조용히 해!" 내가 당신을 아프게 꼬집는 말을 하면
당신은 그렇게 소리 질렀죠. 하지만 그래도 나는 가만히 있지 않았어요.
이 벽을 무너뜨려야만 당신에게 더 가까이 다가갈 수 있다고 믿었기 때문에
더욱더 맹렬하게 공격을 가했지요.

당신에게 다가갈 수 있을까요? 당신에게 기대어도 될까요?
대성당의 그림자 아래서 우리네 삶이 선로가 잘못 변경된 열차들처럼
충돌했던 그날 밤처럼요. 우리의 입술이 예기치 않게 섞이고
우리네 놀란 영혼은 서로를 흘끗 바라보았지요….
이 사람들의 키스가 놀랍지도 않네요. 처음부터 그럴 것 같았거든요….
안심해요, 나는 당신들 중 그 누구도 원망하지 않아요.
나도 그동안 당신과 거리를 둘 수 있게 되었거든요.
어쨌거나 다 오래전 얘기랍니다.

나는 이 아래층 바에 자주 들러요. 우리는 거기서 참 많이 웃었고
참 많이 아파했지요. 우리가 살던 아파트, 바닥에 놓여 있던 매트리스,
걸어서 올라가야 했던 6층 계단도 자주 생각나요.
거의 눈여겨보지도 않는 일상의 소소한 것들은
그것들이 사라지는 날에야 비로소 잠시 시선을 끌지요.
갑자기 한기를 느끼고서야 그동안 얼마나 따뜻했는지 깨닫는 거예요.

아, 맙소사! 만져봐요! 몸이 차가워요.
끝났어요. 세상을 떠났네요.
당신에게 끼친 고통을 용서해달라고 말할 틈도 없었네요.
내 목소리 들리나요? 눈을 떠요. 나를 봐요.
당신에게 용서를 구하고 싶어요.

당신이 나 때문에 너무 힘든 나머지 수염에서 부분 탈모가 일어날 지경이
될 줄은 몰랐어요. 그런데 우리가 헤어지고 얼마 안 되어
마치 큰 불이 한 번 났던 산처럼 다시 털이 나기 시작했다면서요.
지금은 수염이 아주 멋지네요.

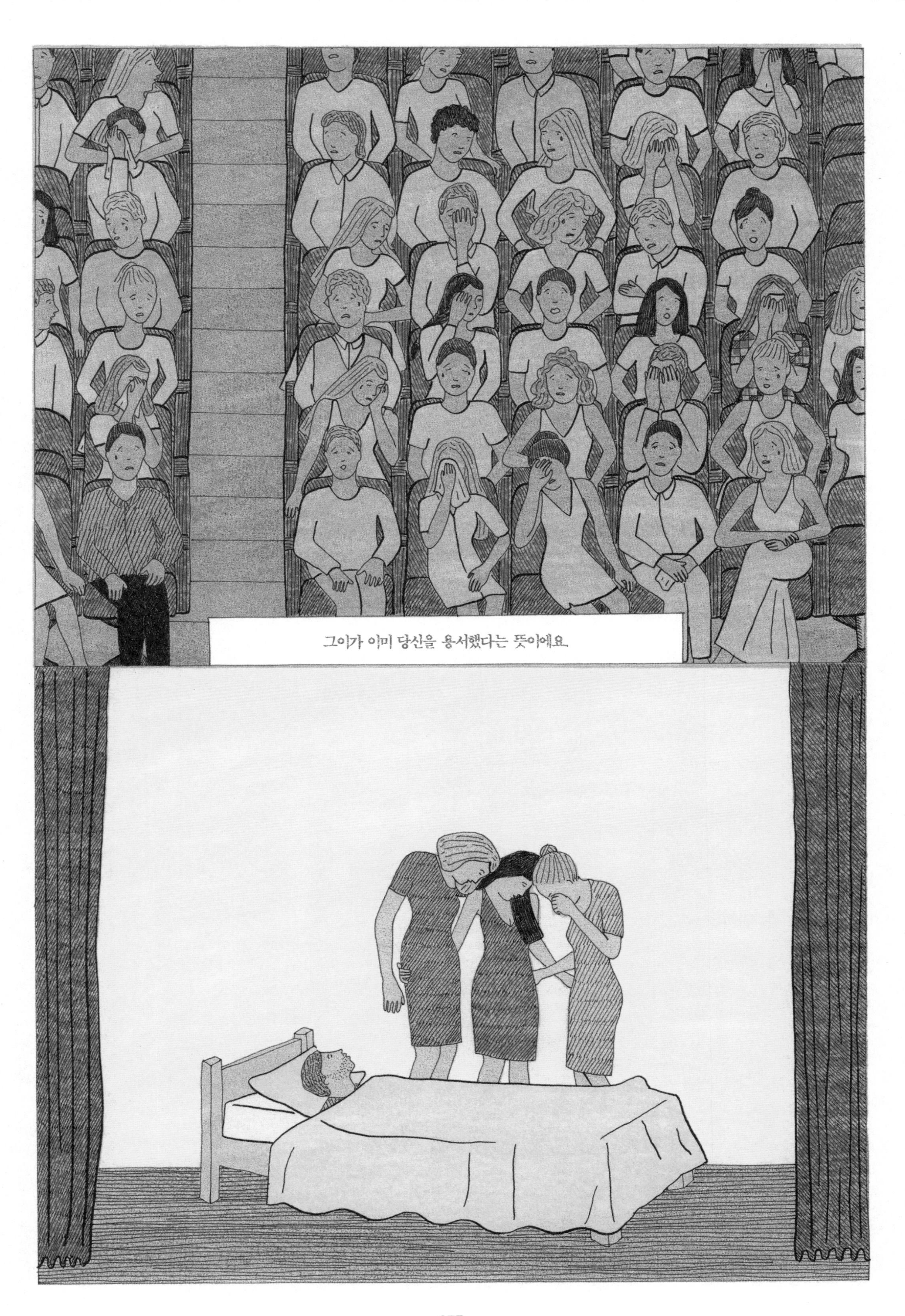
그이가 이미 당신을 용서했다는 뜻이에요.

나를 잊는 가장 고약한 방법은

다시는 사랑을 할 줄 모르게 되는 겁니다.

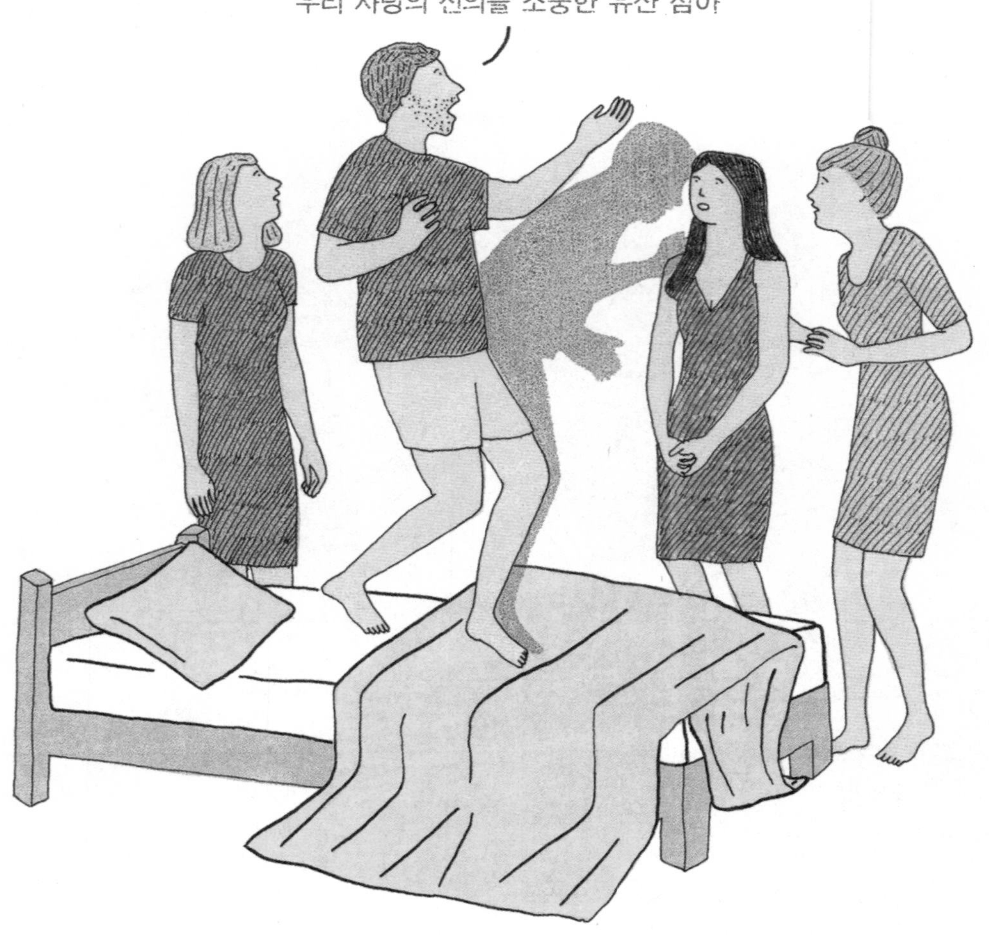
우리 사랑의 신의를 소중한 유산 삼아

그대들에게 맡기리다.

다른 이들을 만나서 그 유산을 드높여주오.

그들의 마음에 비치는 우리의 모습을 찾아주오.

키스합시다, 끌어안읍시다.
다정한 사랑을, 미친 사랑을

포기하는 건 너무 슬프잖아요.
서로 어루만집시다, 귀 기울입시다.

사랑이 술처럼 와서
우리를 가벼움에 취하게 하기를.

나를 잊는 가장 고약한 방법은
다시는 사랑을 할 줄 모르게 되는 겁니다.

하지만 당신은 이불 속에서, 때로는 밤의 어둠 속에서,
나에게 다가오던 그 사람을 닮았네요.
살갗의 감촉이 꼭 당신 같아요.

내 사랑, 내 사랑, 쌍둥이처럼 똑 닮은 다른 이가
계속해서 우리가 정했던 뜻을 이어가고 있다니
정말로 잘된 일이군요.

키스합시다, 끌어안읍시다.

다정한 사랑을, 미친 사랑을

포기하는 건 너무 슬프잖아요.

서로 어루만집시다, 귀 기울입시다.

사랑이 술처럼 와서

우리를 가벼움에 취하게 하기를.

오귀스탱에게.

사랑도 보류가 되나요
(원제 : Les Amours suspendues)

1판 1쇄 2018년 12월 10일

지은이 마리옹 파욜 | **옮긴이** 이세진
발행인 주정관 | **발행처** 북스토리(주) | **주소** 경기도 부천시 길주로 1 한국만화영상진흥원 311호
대표전화 032-325-5281 | **팩시밀리** 032-323-5283
출판등록 1999년 8월 18일 (제22-1610호)
홈페이지 www.ebookstory.co.kr | **이메일** bookstory@naver.com

ISBN 979-11-5564-178-1 03860

※잘못된 책은 바꾸어드립니다.

이 도서의 국립중앙도서관 출판시도서목록(CIP)은 서지정보유통지원시스템 홈페이지(http://seoji.nl.go.kr)와
국가자료공동목록시스템(http://www.nl.go.kr/kolisnet)에서 이용하실 수 있습니다.
(CIP제어번호 : CIP2018035145)